ギャルの自転車を直したら懐かれた
生姜寧也
イラスト
SuperPig
2
When I repaired a gal's bicycle, she became attached to me.

「あ！康生！」
「ど、どうかな？」
溝口《みぞぐち》星架《せいか》
クラスのギャルグループに所属し、モデルとしても活躍している。

洞口《どうぐち》 千佳《ちか》
康生に星架のことを
アドバイスしたりもする、
サバサバ系ギャル。

とだけ頑張ってみようかな。
……は無理だけど、
そのだ りあ
園田莉亜
クラスのギャルグループのひとり。恋愛経験豊富なビッチ担当。
「よしっ」

ギャルの自転車を直したら懐かれた 2

生姜寧也

イラスト
SuperPig

When I repaired
a gal's bicycle,
she became attached to me.

CONTENTS

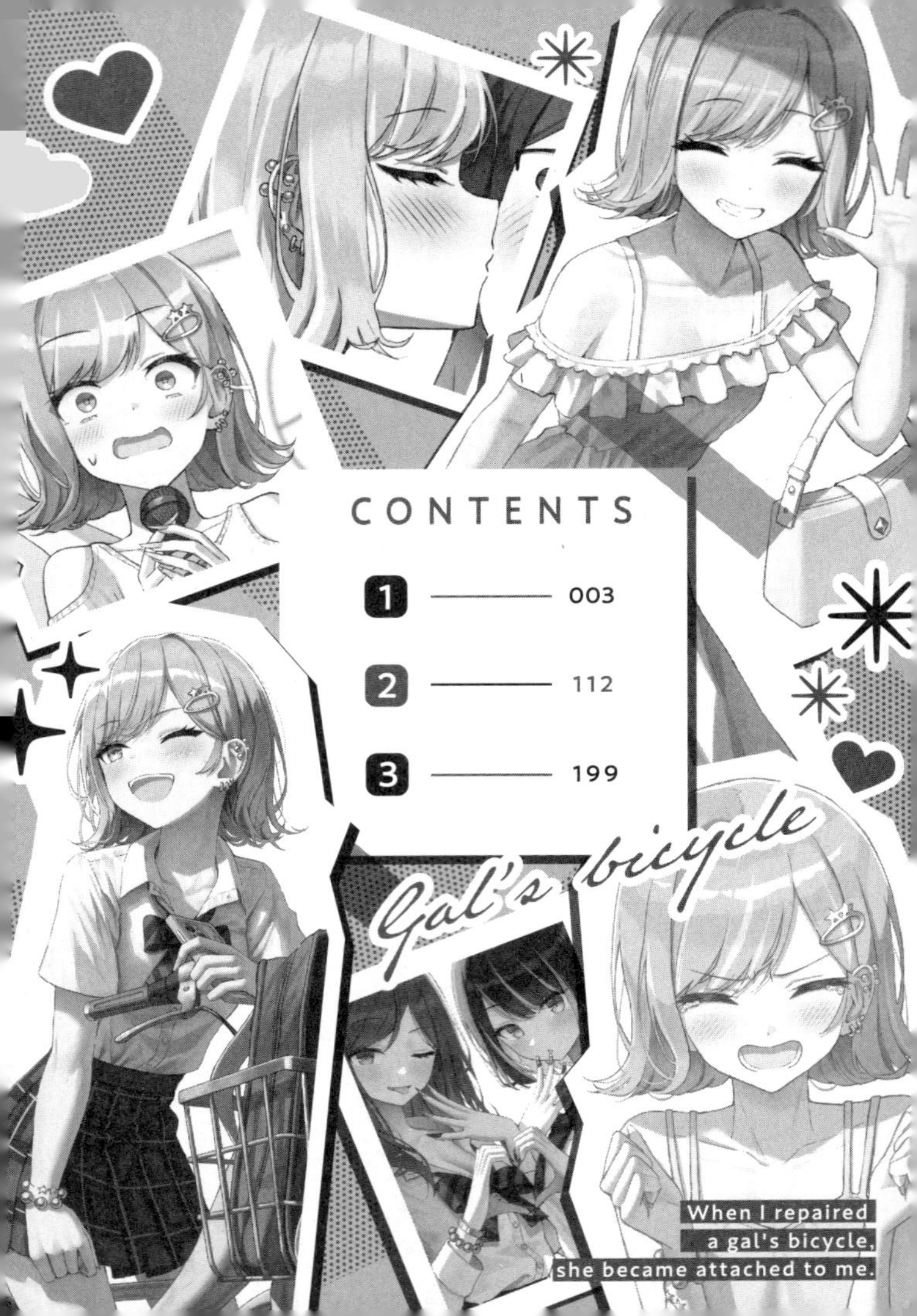

Gal's bicycle
When I repaired
a gal's bicycle,
she became attached to me.

〈1〉

★★★

七月に入った。
五、六月の頃に予感した通り、今年は猛暑だ。僕が風邪ひいてた時の体温みたいな気温が各地で速報され、我らが沢見川《さわみがわ》でも既に熱中症で緊急搬送された人もいるとか。
まあつまり何が言いたいかと言うと。

「星架《せいか》さん、暑いです」

僕の小型扇風機のおこぼれに与《あずか》ろうと、星架さんは僕の二の腕にピタリと肩を当ててくっついてる状態。いくらこっちから登校してる人はウチのクラスにはいないとはいえ。ナンパ撃退事件の時に盗撮されたばかりなんだから、もう少し自重《じちょう》して欲しい。ていうか、学生以外の通行人には見られるんだから、それだけで既に恥ずかしいし。ただ当の星架さんは、

「そう？　康生《こうせい》の扇風機、割と馬力あるから、いい感じだけどな」

こんな感じで取り合ってくれない。暑いうえに恥ずかしくて、顔に熱が集まるもんだから、だいぶ茹《ゆだ》ってる。

「ていうか、携帯扇風機くらい安いんですから買いましょうよ」

「いやぁ、今お財布ピンチでさ。ほら、康生の作品も買ったじゃん？　あ、後悔してるワケじゃないからね？　ぬいマジで可愛《かわい》いし」

それを言われると弱いなあ。ん？　でも月末過ぎたんだから、給料日も当然過ぎてるワケで。

「お小遣いとかは？　25日じゃないんですか？」

「あ、いや、も、もらってないから……ほとんど」

「バイト代とか、ユルチューブの収益とかも、もうないんですか？」

「それは、えっと、まあ。女は金がかかるんよ。メイクとか服とか」

なんか怪しいな。しどろもどろというか。そもそも自転車代もママに請求するとか言ってたのに、たかが携帯扇風機代くらい、もらえないハズないんだけど。

「もしかして、また盗撮されたらってビビってる？」

「それはまあ。というかアレ、実際誰の仕業なんですかね」

「まあ誰でもいいっしょ。もうアタシらの関係はキッチリ話したし」

そう。あの朝、二人で脱走したはいいものの、普通に担任の太田《おおた》先生に見つかってしまって。「廊下は走っちゃダメだよ。ていうかもうすぐホームルームだから教室に戻りなさい」という至極もっともな注意を受けて教室に戻った。青春映画とかじゃないんだから、まあ普通にそうなるよね。そして一時限目が終わった休み時間、これまた当然のように僕たちは質問攻めにあって、二人が偶然再会した幼馴染《おさななじみ》のような関係であることをクラス中に打ち明ける羽目になったのだった。まあフィギュアとかの大切な思い出までは詳しくは話してないけど。とにかく、そんなこんなで僕らは一緒の登下校や、クラス内でのお喋《しゃべ》りも大手を振って出来るようになったんだ。ただまあ。

「でもスキンシップが激しすぎると、また撮られて、からかわれたり」

「いや、今度は事情も話したうえだし、バシッと言うわ。アタシ、友達にはこういう距離感だからって」

それは同性の友達の話じゃないかな。たまに洞口《どうぐち》さんにしな垂れかかったり、抱き着いたりしてるのを見るけど、男の僕相手だと噂《うわさ》にしてくださいと言ってるようなものでは。

「あ。えっと友達っていうのは、その、あー」

僕が沈黙してしまった意味を勘違いしたみたいで、星架さんが慌てる。申し訳ない。あとやっぱり僕がそっち関係で何か抱えてるってのは察してくれてるみたいだ。あるいは姉さんあたりに少し聞いたか。

「……」

無言で星架さんの方に扇風機を傾けてあげた。

朝のホームルームでいよいよ来週から期末試験が始まる旨を通知される。気が重い。僕は風邪ひいちゃってた分もあるし、星架さんには申し訳ないけど、依頼品の製作も中断して遅れを取り戻すべく勉強したけど……正直、自信はない。

休み時間。

製図ノートの代わりに単語帳を開いて、赤いシートで赤文字を隠す。うう、英語は一番苦手だ。たまにショップに海外のお客さんも来るから、僕には必要ないとか思ってるワケじゃないけど。

「頑張ってるねぇ、康生」

声に振り返ると、星架さんだった。体育祭からこっち、教室内で彼女が話しかけてくることにも多少は慣れてきた。グループの他のメンバーと話し飽きたくらいのタイミングで上手《うま》く距離を測りながら声をかけてくるので、頻度はそこまでではないけど。

「英語は二日目じゃなかったっけ？　どんだけ苦手なんよ」

星架さんが僕の手元を覗《のぞ》いて苦笑い。登下校の時に当然テストの話もしてるし、苦手、得意科目も知られてる。

「あはは、やっぱ一番不安なんで。星架さんは数学ですよね」

「うぐ。そうなんよね。初っぱなだし」

テスト日程一日目の一限が数学だ。そして星架さんの苦手科目となる。つまり彼女は文系、僕は理系ということ。

「……ところでさ。アタシら、今日、放課後に勉強会しようかって話になっててさ」

「ギャル仲間の方たちとですか？」

「うん。千佳《ちか》と莉亜《りあ》、あと一人」

「……」

これはつまり僕もおいでよ、という話なんだろうけど。どうしようかな。教室内だけの世間話くらいで終わるならアレだけど。

「……やっぱあの二人」

「……ね。溝口《みぞぐち》さんの方が結構グイグイいってる感じ？」

「……マジであるかも？」

周囲のひそひそ話を漏れ聞くに、案の定、どうしてもそっち方面に繋《つな》げたがる人も多いみたいだ。ハグの盗撮も出回ってたし、気持ちは分かるけど。アレに関しては、星架さんは感情表現ストレートな人だから、そこまで深い意味はない……と思うんだよな。助けてくれてありがとう、で感極まってって感じじゃないかと。

星架さんも周囲の様子には気付いているのか、微妙に目を伏せてる。顔が少し赤い。

「アイツらには、あ、あんまり個人的な事情とかグイグイ聞いたりしないように口酸っぱく言ってあるからさ」

ギャル特有の距離感は抑えてくれるってことか。それなら、まあ。実際、英語とか教えてもらえると助かるし。

「そういうことなら、お邪魔してもいいですか?」

「うん! おいで、おいで!」

嬉《うれ》しそうな星架さんの笑顔。釣られて僕も笑った。やっぱり少し変わったなって自分でも思う。周囲の視線を気にしすぎなくなったというか。そんなことで判断を変えることが損だと思えるようになったというか。きっといい兆候、だよね。


そして瞬く間に放課後。ウチの学校には自習室なる施設があるので、そこを利用させてもらう。そろそろ期末テストだし、混んでるかなと思ったけど、全然だった。家や塾で自習する人の方が多いらしい。

「あ、こっち、こっち」

先に入ってたギャルの人が手を挙げて挨拶してくる。實方愛音《さねかたあいね》さん。色素の薄い金髪ロングに浅黒い肌、ゴツめのリングピアスが特徴的。この人を加えた四人がウチのクラスのギャルグループの中核に当たるそう。怖そうなコア・フォー。ふふ。

「……」

實方さんが引いてる。しまった。陰キャ特有の、脳内で放ったギャグに自分でウケて、ニヤニヤする激キモムーブをかましてしまったみたい。

「あ、えっと。沓澤《くつざわ》康生です。初めまして」

「う、うん。まあ、おなクラだから初めましてってのも変だけど。あーし、實方愛音ね。よろしく」

實方さんは気を取り直して自己紹介を返してくれる。星架さんと同じグループだけあって、サバサバした印象。僕らの写真を見て囃《はや》し立ててたキャピキャピ系の人たちは、どうやら少し違うグループらしい。ギャルにも意外と細かい派閥があるんだなあ。まあなんにせよ、この様子だと、根掘り葉掘りは聞いてこなさそう。星架さんも釘《くぎ》刺したって言ってたしね。

「んじゃあ、始めよっか」

「千佳と莉亜は？」

「飲み物買いに行ってる。すぐ戻ってくるから先に始めとくべ」

ということなので、先に教科書やノートを広げていると、自習室のドアが開いた。

「うーっす。飲みモン買ってきたぞー」

おお、ナイスタイミング。洞口さんが僕の前に『午前の紅茶』の五〇〇ミリペットボトルを置いてくれる。

「クッツーは紅茶でいいんだよな？」

「あ、はい」

なんか変なあだ名を付けられてるけど、まあいいや。僕は財布を取り出そうとして、

「いいって。誘ったのはこっちだしな。数学の講師代も合わせてな」

と男前に断られる。いや、僕も英語とか教わろうとしてるから、その理屈だと何か返さないとなんだけど。洞口さんには、ただでさえ色々と借りがあるのにな。

「んじゃ、始めっか」

實方さんの号令で、みんなシャーペンを手に取った。

しばらくは各自、自分一人で出来るところまでやって、詰まった時は、その科目が得意な人に聞く。そんな感じで進んで行った。まあ僕は人見知りだから、星架さんと洞口さんにしか聞けなかったけど。

「ふう。ちょっと休憩しよっか」

園田《そのだ》さんがそう言うなり、率先して伸びをする。放り出されたシャーペンが、問題集の上を転がって、ページの谷間に落ち着いた。僕も倣って、手を止めた。

「あー。もう少しで解けそうなのにな」

星架《せいか》さんだけ残念そうな声。キリが悪かったらしい。

「また教えますから」

「ホント？」

「ええ。今度はウチでやりましょうか」

「うん。ありがと」

一転してニコニコ嬉しそうな顔になるので、僕も温かな気持ちになって自然に笑っていた。

「……」

「……」

「……いや、これもう」

え？　な、なんか注目を浴びてる？　周りを見回すと、全員が目を細めて僕たちを見ていた。

「ああ、いいから、いいから。あーしたちのことは空気か何かだと思って」

「いえ、空気になるには他人と視線を合わせちゃダメですよ。空検準一級の僕が」

「どこに対抗してんだよ。空検ってなんだ」

星架さんにツッコまれる。しまった。そういう場面じゃなかったか。

「沓澤って、普通にしゃべりイケるタイプなんだな。もっとクラスでも話したら？　星架との絡みだけじゃなく、単体でも輝けんじゃね？」

輝かなくていいんだよなあ。隅っこの方でくすんでる感じで、全然オッケーというか。

實方さんには曖昧に笑い返してお茶を濁しておく。けど洞口さんが、

「まあでも実際、クッツーが思ってたより、クラスの連中は寛容だったんじゃねえか？」

そんなことを言ってきた。少し考える。輝く云々《うんぬん》は抜きにしても……

「確かに……ちょっと僕も深刻に考えすぎてたのかもしれません」

実は星架さんとの親交がクラス中に露見したあの日、今まで話したこともなかったクラスの男子たちに話しかけられたんだ。

彼らからは「溝口、男子には完全にライン引くタイプなのに、気に入られてんのすげえな」「やっぱ幼馴染は正義か」といったようなことを言われたけど……有り体に言って、凄《すご》くサバサバしてた。特に裏があるような雰囲気もなく、純粋に額面通りな感じで。

僕がそんな彼らの様子を話すと、

「あー。もっと僕らの星架たんをよくも～、みたいになると思ってたんか？」

實方さんが半笑いで僕の杞憂《きゆう》を言い当てる。

「はい。僕にそんなつもりがなくても、周囲はやっかんだりするモンなのかなって」

「まあ四月だったら、そうだったかもね。みんな星架見て、すごい美人だなって色めき立ってたし。けどまあ三ヶ月近く経《た》って、一向に脈ナシじゃあ、ワンチャン狙ってた奴《やつ》ら

も他でカノジョ作り始めるんだよ」

　園田さんがニヒルに笑いながら言う。

「そんな……なんかそれって、本当に気持ちがあったワケじゃなくて」

「そ。まあ大体そんなもんだよ。別に星架じゃなくちゃダメって奴なんてそうそういない。というか脈もない相手に傷ついてでも追い縋《すが》るような根性あるヤツの方が珍しいし」

　そんなもん。そっか。

「所詮、アタシの外見だけに惹《ひ》かれてくる連中は、みんなそんなもん。一応は高い志望校書いてみて、E判定だから第二志望、第三志望へ。第一志望は偏差値高くて箔《はく》がつくから狙ってみただけで、そこでしか学べないことがあって志望するって人は少数も少数」

　あ、メッチャ納得できる説明だ。まあそりゃそうか。本人は何人もそんな人たち見てきてるんだろうし、分析も済んでるか。

　それに誰だって、今の生活がある。その諦めたり落ちたりした志望校のことをいつまでも考えてる人なんてよっぽど執念深いか暇か。

「まあそもそも願書どころか、志望欄に書く気すらない人もいただろうしね」

　確かに。世の中、色んな人がいる。美人だからって無条件で狙ってみようとする人ばっかりじゃない。それこそ中学から付き合ってるカノジョがいる人、二次元にしか興味ない人、ギャルが苦手な人、本当に様々だ。

というか、僕なんか誰かに願書出せるレベルですらないんだよね。まずは友達から作れるようにならなきゃいけないのに、カノジョなんて遥《はる》か先のことだ。

「宮坂《みやさか》ももう諦めたっぽいしな。隣のクラスの女子と仲良くなってるらしい」

「菌類の？」

「人類の」

そっか人類か。なんだかなあ。宮坂のヤツ、僕と星架さんを見捨てて逃げた負い目は一応感じてるらしく、顔を合わせづらいのか、休み時間の度に他のクラスの友達に会いに行ってるみたいだったけど。もうそこで新しい狙い目を見つけたってことか。

現実はそんなもん、か。性格が多少アレだろうが、外見に気を遣ってて、積極的に女子に話しかけられるヤツがモテる。

「だからもう別になんも遠慮せんで話しかけてくれていいんだよ？」

「は、はい。そうですね。そうします」

いきなり登下校の時と同じように気安くするのは難しいけど、徐々にこちらからも話しかけられるようになっていきたい。

☆☆☆

休憩の終わりにトイレに立った康生《こうせい》の背を見送ると、残りの三人がこっちに向き直った。

「いやあ、星架の顔面ならさあ。普通に多少なり好意を見せた時点で男の方からガッとくるもんなんじゃねえの？　とか思ってたけど」

愛音の感覚は一般論としては、そうなんだろうな。それこそ、さっきの例で言えば一流大学に願書出しただけで受かるかも、なんて都合のいいこと思うワケだろうし。ただな。

「そういう男はこっちから願い下げなんだっつの」

「ああ、そっか。星架的には、あれでいいワケか」

まあもちろん、康生にはアタシの容姿も気に入って欲しいけど、内面見てくれる子なんだから、基本そっちで惚《ほ》れさせたい、みたいな。

ちなみに、今いる面子《メンツ》にはアタシの気持ちは……まあ隠せるハズもなく。千佳《ちか》は最初から知ってるけど、莉亜《りあ》と愛音にもあの日の一件でバレたよね。アタシが友達程度の認識の男に抱き着くハズないって、この二人は知ってるからな。そもそも友達認定してる男すらいないし、そこまで懐に入らせる時点でもう、って話。

「莉亜はどう見たよ？」

千佳が百戦錬磨のビッチ担当に振る。莉亜は「うーん」と唸《うな》って。

「なんか、彼は恋愛以前の感じはするね。そういうマインドまでいけてないというか」

「幼いってことか？」

「というより、うーん、なんか人付き合いそのものに対する気持ちを取り戻してる最中というか。言語化難しいんだけど……ただ」

「ただ？」

「間違いなく星架にだけは一段上の好意を持ってると思うよ。それが今はまだ恋愛感情にまでは至ってなくても」

「マジで!?」

「マジで」

莉亜の太鼓判に、アタシは思わずガッツポーズしそうになる。恋愛経験豊富な彼女が言うんだから、確度は高いハズ。

千佳が訊《たず》ねる。

「ちなみに、どこら辺でそう思ったん？」

「次の勉強会を沓澤クンから誘ってたでしょう？　ああいう消極的なタイプの男の子が、真逆のタイプの女子を誘うとか、まずないことだからね。断られる可能性が一番に頭に浮かぶようなネガティブ思考だから」

康生、もう今は消極的ってほどでもないんだけどね。いざとなったら、身を挺《てい》してアタシを守ってくれるし。カッコよかったな、あの時の康生。ふへへ。

「なんかさっきの沓澤みたく一人で笑ってんぞ？」

「一緒にいると似てくるって言うしな」

なんかバカにされてる雰囲気があるけど、まあいいや。と、莉亜の話はまだ終わりじゃないみたいで、

「あと、そのノート」

ピンと伸ばした指で、康生のノートをさした。トイレに行くときに閉じられているから表紙しか見えないけど。千佳が手を伸ばして開いた。こういうとこ遠慮がねえ。飲み物も奢《おご》ってやったし、ちょっとくらいオッケーやろの精神か。

「お、おお。英語のノートなのに、数式とか書いてる」

最新のページを見ると、確かに数字の羅列が見られた。うーん？

「それ、星架が詰まったところをまとめてるっぽいんだよね」

「え？」

「アンタが解いてるところ見て、理解度を量って……たぶん二人で勉強する時に重点的に教えたり、もしかしたら類似問題も作ってあげるつもりかな」

康生……急に誘っちゃったのに、アタシのためにそんなことまで考えてくれてたのか。思わずジーンとしてしまう。

「あーしも詰まりまくりだったんだけどな。作ってくれてねえのか」

「いや、アンタの場合は手に負えないと思ったんじゃないの？」

「それな。マジで進級できるんか？　つかそもそも、よくウチの高校受かったよな」

莉亜と千佳がダブルパンチで沈める。まあ愛音《あいね》は見たまんまのバカだからなあ。ガチで頼めば康生なら面倒見てくれるかもだけど、その場合、愛音につきっきりになって、康生の方が成績落ちそう。流石《さすが》にそれは可哀想《かわいそう》……っていうか、アタシが許さん。

「とにかく、ナチュラルにこんなの作ってるくらいだから、やっぱ星架のことは他の人間より特別視してるのは間違いないと思う」

そっか。仲良くなれてきてるっていうのは、アタシの希望的観測じゃなかった。改めてこうして第三者、しかもこんな細かいノートの端まで見落とさない目を持った恋愛上級者に保証されたことで、アタシは自信を深める。

「よかったじゃねえか、星架。まあ最悪でも、かなり親しい友達くらいには思われてるんじゃね？」

愛音はそう言ってカラカラ笑うけど。

「……」

友達、か。

「したら、次はステップアップして女として意識させるターンだな。大丈夫だって。男女の友情は成立しねえから。基本。多分」

相変わらずテキトーなヤツだ。バカだし。

「露出あげろ、露出。谷間……あ、わりい」

「ああ!?」

出来るわ！　寄せて上げれば。

……まあアタシ以外はナチュラルで作れるんだけどな、コイツら。チクショウ。

「いや、私は普通に時間を重ねるだけで大丈夫だと思うけどな」

莉亜が愛音の意見に反対する。

「ぶっちゃけ星架《せいか》みたいな初心《うぶ》なのが色仕掛けなんかやろうとしても、自分の方が恥ずかしくなっちゃって、テンパってワーッってなって気まずくなると思う」

「いや、そんなこと……あるかも」

前科がチラホラと脳裏をよぎった。

「まあ正直、沓澤《くつざわ》クンは競争率低いだろうし、コツコツ攻め落とす感じでいいと思うよ」

「確かに。クッツー、話したら面白いし、積極的に女子と絡めばカノジョ作れないこともなさそうだけど……自分から話さないからな」

康生のためを思えばあんまり喜んだらダメなんだろうけど、可愛《かわい》いところも面白いところもアタシだけが知ってると思うと、優越感みたいなのが湧いてくるんだから、我ながらどうしようもない。やっぱアタシ、ちょいヤンデレ気質みたいなのがあんのかな。

「まあ、そういうことだから。無理に色仕掛けとか考えない方が、むしろうまくいくんじゃないかな」

「とかいいながら、あーしの予想ではハプニングが起きてエッチい展開になると見た。谷間はねえけど」

「まだ言うか！　アンタは自分の進級の心配してろ！」

「ぐう」

そんなこんなで、下らない話をしているうちに康生も戻ってきて、あともう少しだけ勉強して、その日はお開きとなった。


翌々日。普段はロングホームルームがある曜日なんだけど、テスト前ということでナシ。既に康生と二人勉強会の約束は取り付けてあるので、放課後、沓澤家にお邪魔した。今日も誰もいないみたいで、康生が飲み物の準備をしてくれる。

「先に僕の部屋に行っといて下さい。エアコンもつけといてもらえると」

「う、うん。分かった」

素直に従って、康生の部屋へ。戸を開けると少しだけシンナーの匂い。

「ふう」

谷間……は無理だけど、ちょっとだけ頑張ってみようかな。アタシは制服のリボンを外して、ブラウスのボタンを上から二つくらい開ける。エアコンをつけると、送風が地肌に当たってメッチャ涼しかった。
と、そこで。部屋の戸が開き、お盆を持った康生が入ってきた。
「……お待たせしました。烏龍茶《ウーロンちゃ》でよかったですか？」
「あ、うん。あんがと」
机の上にグラスを置いた康生の視線が、ふらっとアタシの胸元に吸い寄せられる。あっちからだとブラ、見えてるかも。少し固まった後、ハッとして俯《うつむ》く康生。
き、効いてる。今までもたまにこういうのあったけど、ハッとして俯《うつむ》く康生。スみを感じた。アタシとしては……他の男のそういう視線は気持ち悪いだけなんだけど、
康生のは少しも嫌じゃないっていうか。第一、付き合ったら、そういう営みも必要になる
ワケだし。うわあ、アタシ上手《うま》く出来るんかな。想像もつかないんだけど。
でもそう。更にそこまで考えてみても、嫌だとか気持ち悪いって感情は微塵《みじん》も湧いてこ
ない。そこに一人でホッとする。いや、実際に裸を見せたり、見せられたりしたら、もっ
と冷静じゃいられなくなるんだろうけど、それでもやっぱ嫌悪感、忌避感は生まれないと
確信できる。
つか裸って言えば……こないだゲリラ豪雨の後、康生の裸見ちゃったんだよね。あの胸
板に抱き締められたりしたら……うわ、うわ。ヤバ。想像したら心臓バクバクしてきた。
「……かさん。星架さん」

「え!?　ひゃ、ひゃい！」

「勉強……しないんですか？」

「いや保体は二日目だから、数学からしましょう」

「保健体育の!?」

「あ、はい」

くそう。意識させようとしたのに、アタシの方が桃色になってどうすんだ。ていうか、康生《こうせい》、もう平常心になったんかな。立て直し早くて凹《へこ》むなあ。

★★★

なんとか平常心を保ってるように見せかけてるけど、僕の頭はひたすら桃色。星架さんは多分、暑いから普段より少し胸元を開けてるってだけなのに。男のサガ、いや僕に免疫がなさすぎるだけか。けど星架さんが屈《かが》んだだけで、胸元の開いたシャツから黒いブラがチラ見えするんだから、意識するなってのは無理な話。

あ、暑いのは分かるけど、もう少し控えめにしていただかないと。僕の体温の方が上がってしまう。というか、エアコンも二〇度の設定だし、扇風機も回してるし、もう十分涼しいと思うんだけど。いつになったらボタンを留めてくれるのか。

「ここ……分かりにくいかも」

「……はい」

星架さんのノートにだけ集中する。こうして教えてると、そっちに意識がいくから助かる。よく創作物とかで、男のキャラが煩悩にまみれそうな時、素数を数える描写があるけど、まさか本当に効果があるとは。数学すごい。

と、そんなことを思いながら、星架さんのペン先を眺めていると、

「出来た！　合ってる？」

自信ありげな声と共に、指の動きが止まった。僕は解答の上から順に式と計算を追っていって……うん、合ってる。

「大丈夫ですよ。やっぱ星架さんは頭いいですね」

苦手とは言ってたけど、文系科目があれだけ出来て数学も全然足を引っ張らないくらいには理解力ある。教えたら大体すぐこなせるからね。

「えへへ～。コウちゃんの教え方が上手いからだよ～」

褒められて恥ずかしかったのか。ふざけて八年前ネタ始めちゃった。悪戯《いたずら》っ子《こ》みたいな笑み。

「デュクシ！　デュクシ！」

消しゴムで僕の腕を攻撃してくる。

「あはは。セイちゃんは可愛いなあ」

僕も八年前のノリで返す。するとピタッと星架さんの手が止まった。あれ？

「可愛い……とか」

少し恥ずかしそうにしてる。子供っぽすぎたと急に我に返ったのか。

「初めて言われた、かも……やっぱ康生ってロリコンだったりする？」

「なぜ!?」

やっぱってなんだよ。僕にそんな嫌疑がかかってたの？

「だってさ、アタシがアタシのまんまくっついても放置なのに、子供みたいになって甘えたら途端に、可愛い可愛いマジ天使って」

天使とまでは言ってないけどね。でも敢《あ》えて触れないようにしてたのは、逆によくなかったのか。女心は本当に分かんないな。

とりあえず。女子がふざけまじりに自分アゲしてる時は、基本褒めて欲しい時だから、素直に褒めてあげた方がいい、みたいなこと姉さんがいつだったか言ってた気がするから……

「いや。その……言わないだけで、登下校中にくっついてくれる時も可愛くて、つい頭撫《な》でたくなる時とかありました。天使もまあ……はい。なんせチャリ」

「チャリエルはもういいから。か、可愛いと思ってたなら……言って欲しかったかも」

最後の方は消え入りそうな声だけど、確かに聞こえた。僕に可愛いって褒められたかったって、それって。

……自意識過剰みたいで恥ずかしくて、今までなるべく考えないようにしてたんだけど、もしかすると星架さんは……

「あー。休憩、休憩！　ちょっと休もうぜ！」

敢えてガサツな言葉を使った感じで、星架さんが流れを切った。そしてそのまま後ろに引っくり返って、僕の部屋のカーペットに頭を乗せた。

僕はもう一つクッションを持って来て、そっとその頭の下に添えてあげる。サンキュと笑った顔が、やっぱり可愛かった。

「……しっかし、あの夢のヤツが最初に完成しそうなのは、それどうなんだよ？　ええ？」

頭を動かして、部屋の隅に安置してある創作物を見る星架さん。

「ああ、ノブエルですか」

「その略し方やめれ」

分かりやすくていいんだけどな。

「実はコンクールに出そうと思ってまして。その締め切りが今月末なんですよ」

僕もノブエル像を見る。原案では自転車のベルを、開いた貝殻のように固定して、そこから光のスロープを伸ばす予定だった。そしてその上をチャリエル・信長《のぶなが》のプチフィギュアを乗せた自転車が走っている場面にするつもりだったんだけど……星架《せいか》さんのインテリアとは別物として作ることになったから、自転車のベルを使う必要がなくなったんだよね。なのでスロープの始点を曖昧にして、その代わり、透明のポールを立てて、そこにスロープを乗せ、かなり傾斜をつけたコース作りにした。まあ夢の中でも傾斜はあったから、より忠実に再現してると言えるかな。

「夢が原案ですから、時間が経《た》つと霧散してしまいそうで。今しか捉えていられないっていうか。星架さんには少し理解が難しいかもしれませんが、あの夢、星架さんと再会してからこっちの記憶が色々ちりばめられてるっていうか。この二ヶ月を詰め込んだ今しか出せない、出来ない物なんじゃないかなって」

言葉にするのは難しいけど、青春の一ページと言うのが最もシックリくるかも。

「康生……なんかエモいこと言って煙《けむ》に巻こうとしてない？」

「あ、バレました？」

言ったことも嘘《うそ》じゃないけど、動機の大半は、あんな夢もう二度と見られなさそうだから、作っとこうっていう、いわば面白半分だった。

そこからは更に一時間余り勉強をして、解散の運び。最後に、僕が自作した星架さんの弱点強化用の問題集を渡すと、すごく喜んでお礼を言ってくれた。前回の勉強会の時に、こっそり彼女の詰まりやすい所をメモして作っておいたんだよね。

星架さんをマンションまで送って行くべく、僕も階下へ。母さんが店閉めて戻ってくる前に帰してあげた方がいいかなっていつも気を遣うんだけど、実際、星架さんなら母さんや姉さんと会っても普通に世間話するコミュ力はあるんだから、僕基準で気を揉《も》み過ぎてるのかなとも思う。

「でさ。愛音《あいね》ん家《ち》のそのバカ犬がね、おばさんのパンツをさ……」

喋《しゃべ》りながら階段を下りてくる星架さん。手摺《てすり》は持ってるけど、先に下りた僕の顔ばかり見てる。予感があったワケでもないんだけど……

「キャッ!?」

星架さんが一番最後の段を踏み損ねた。目測を誤ったのか。

上体がつんのめる。僕は慌てて飛び込んで、その体を支える。頭の片隅に一瞬、あの再会の時、自転車を支えた記憶がよぎった。

ただ……あの時は硬い自転車のカゴの触感だったけど、今は。

モニュッと柔らかい、掌《てのひら》が沈み込んでしまうような感触が。あ、これ。やらかした、とは思いながらも。星架さんが自分で立てるように、ぐっと押し込むように支点にして、もう片方の手で肩の辺りを押し、体勢を戻してあげた。

星架さんは俯いてしまって、徐々に耳が赤くなってきてる。明らかに僕が触ってしまったのに気付いてる、よね。

「ごめんなさい」

「ありがと」

ほとんど同時に言葉を発して、また少し沈黙。ややあって、星架さんがパッと顔を上げて、殊更に明るい口調で、

「いやあ、喋りに夢中で遠近感ミスったわ。あははは。サンキューね、助けてくれて」

と改めてお礼を言ってくれた。たぶん星架さんとしては、これでこの件は終わりにするつもりだったんだろうけど、僕はテンパってて、

「えっと、本当にごめんなさい。そんなつもりじゃなくて」

罪悪感から蒸し返して謝ってしまった。星架さんは少しだけ自分の胸に視線を落とした。

「大丈夫、分かってるから。ホント、大丈夫だよ？　まあ康生以外だったら殺してたけど」

ひっ。

「……帰るよ。今日は、ちょっと一人で帰りたい気分だから。ごめんね」

「え？」

「大丈夫、ホントに怒ってるとかじゃないから。大丈夫だから。明日の朝には普通になってるから！　それじゃ！」

早口でまくし立てるように言って、星架さんはほとんど逃げるように玄関を出て行った。

僕は……少しだけ呆然《ぼうぜん》としてしまって、その後すぐ我に返り、玄関ドアを開けて彼女を探す。すごい速さで走ってる後姿を見つけた。どんどん小さくなっていって、大通りに出る曲がり角を左に曲がって見えなくなってしまった。

うん。あの速さだし、まだ明るいし、大通りにも出たし、大丈夫だよね。こんな時でも星架さんの万が一を心配してしまう僕。いや、心配もあるけど、何より冷静さを取り戻したくて、別のことを考えようとしてるんだろうな。

僕はドアを閉めて、台所へ。一瞬で喉がカラカラになっていた。冷蔵庫から買い置きしてる『午前の紅茶』のペットボトルを取り出した。一口飲んで一息ついて。

「うわぁぁぁ」

触ってしまった。お、女の子の、お、おっぱい。しかもあの星架さんの。まだ膨らみもない頃に出会って、束《つか》の間《ま》の交流をして、高校に入って再会した、あの女の子の胸。いや、やめようよ。八年前のことまで考えてしまうのは。こんなだからロリコン疑惑をかけられるんだ。てか純粋にキモイ。

「柔らかかったなあ」

ブラと制服越しであれなんだから、直接触ったら……いやだから気持ち悪いって。ていうかこんなキャラじゃなかったでしょ、僕。ちょっと女の子の胸を触ったくらいで。生まれて初めておっぱいを揉んでしまったくらいで。それくらいで。

………大事件なんだよなあ。キャラも変わるよ、そりゃ。僕だって男なんだって、星架さんと仲良くなるにつれ、そう思い知らされることがどんどん増えてる。

星架さんは。星架さんは本当に怒ってないんだろうか。僕と違ってハッキリ物事を言う人で、そんな彼女が大丈夫と言い切ってたし、明日には元に戻るとも言ってた。ならきっとそうなんだと思う。けど、僕以外だったら殺してたって、そんな恐ろしいことも口走ってたし。

ん？　待って。僕以外ってことは、僕ならいいってこと!?　いや、そういう話じゃないハズ。僕なら許せるってだけで、ウェルカムではないから。危うく論理の飛躍をするところだった。これだから女の子に免疫のないヤツは。

自分で考えてて虚《むな》しくなってきた。とにかく明日は、もうこの話題は蒸し返さない方がいいよね。いつも通りに振舞おう。

いつも通りに……出来るかなあ。

☆☆☆

アタシは早鐘を打ち続ける心臓を押さえながら、自分の部屋のドアに背を預けて座り込んだ。てかアホでしょ。ただでさえドキドキして仕方なかったのに、更に爆走して酷使するとか。心臓麻痺《しんぞうまひ》とか起こさんよな。

それで動悸《どうき》が治まるワケもないのに、アタシは自分の胸に手を当てた。ドクドクドクと掌を打ち返す激しい脈動。ここ、触られたとこだ。なんなら手を動かした時、軽く揉まれた場所。

「まさかの愛音の予想的中とか」

いや、アタシも胸元開いて冒険してみたりもしたけどさ。触られることになるとは夢にも思わんかった。

「……ちっちゃいとか思われてたらどうしよ」

アタシのお胸はCカップ。可もなく不可もなく、だ。

康生《こうせい》はどっちが好みなんだろう。一般的には、やっぱ大きい方がモテてるっぽいけど。

「てか、ちゃんと触った認識はしてくれたよね」

メッチャ恥ずかしそう&気まずそうだったし。もし康生が巨乳派だったとしても、だよ。普通サイズのアタシのでも触れたら嬉《うれ》しいハズ！

いやいやいや。とは言え、安売りしたらいかんよ？　アタシ。喜ぶから触らせるとか、そういうのはナシ。星架さんの胸だから触りたい、他の人のなんて興味もないって言ってくれるようになってからじゃないと。

アタシはようやく落ち着いて、ベッドの上に座る。康生ぬいぐるみを枕元からそっと引き寄せて、胸の中に抱いた。

「……いよいよキミの本体に触られちゃったよ」

おでこにキスしそうになって、ピタリと止まってしまう。分身のこの子にしたら、次はまた本体と実現してしまうかも。そんなバカげたオカルトまで頭をよぎってしまう。

結局アタシは……おでこと頬にチュチュと立て続けにキスした。いつも口の辺りにはしない。ここは特別。やっぱり本体の康生と初めてをしたいから。

「明日はいつも通りに。元に戻ってるって康生にも宣言しちゃったし」

つかテスト前なのに何やってんだよって感じだ。

アタシはラックの上、柴犬《しばいぬ》三兄弟の隣の千佳《ちか》ぬいぐるみを見る。アイツに報告したら絶対ニヤニヤされるから止《や》めとこう。


翌朝、なるべく平常心で沓澤《くつざわ》家へ。いつもの電柱の日陰で出待ち。すると、いつもの時間より二分くらい早く康生が出てきた。すぐに目が合う。

「おぱ、おはようございまふ！」

緊張しすぎだろ。てか今おっぱいって言いそうになってなかったか？

「おっす、今日ちょっと早いね」

康生がキョドりまくってんの見て、逆にアタシは緊張がほぐれて、超フツーに返せた。

「待たせたら悪いと思って」

いつもはそこまで気を遣わないのに、今日に限って。分かりやすすぎ。

「意識しすぎだろ」

図星をついてやると、康生は途端にアワアワしだす。目が泳いで、チラとアタシの胸の辺りに視線が行ってしまって、慌てて逸《そ》らして。

なんか。自分の際どい写真とかSNSに上げて、男の反応を見て優越感を覚えてる女の気持ちとか今まではサッパリ分かんなかったけど、今ならちょっと分かるわ。まあアタシは不特定多数、つか好きな相手以外は無理だけど。

今、康生の頭ん中、完全にアタシのお胸が支配してる。その爽快感、優越感たるや。なんか癖になりそう。

いや別に康生の上に立ちたいとかはないんだけどさ。いっつもアタシばっか意識して、一喜一憂してるから、たまにはこういうのもいいなってだけで。

「な、なんか星架さんは余裕ですね？」

ちょっと恨めしげな顔。ふふふ。やっぱ楽しい。

「言っとくけど、アタシの胸に触ったことある人なんてママとか下着売場の店員さんとか、そんなレベルだかんな？　男で触ったのはアンタが初！　高くつくぞ～？」

更にからかってしまう。

「う、うぅ。父さん母さん、先立つ不孝をお許し」

「だぁ！　それやめーや」

追い詰めすぎて伝家の宝刀が出たよ。

「ウソウソ、マジに怒ってないから。支える時の不可抗力だったって分かってるから」

「ホントですか？」

「うん、それに責任の取り方なら自害じゃなくて」

「じゃなくて？」

「……自分で考えろし。宿題な」

「これからテストなのに宿題!?」

気が付けば二人、いつもみたいに笑い合ってた。

「……ちなみに自信のほどは？」

「アリアリ。康生がくれた問題集ガッツリ解いたかんね。マジあんがと」

改めてお礼。事前に覗《のぞ》き見《み》してたおかげで、問題集くれるの予測は出来てたけど、それでも実際に手にすると嬉しくて小躍りしそうになったよね。

無性にくっつきたくなって、康生の肩に自分の肩を合わせる。携帯扇風機の風が火照った頬を撫《な》でていった。

★★★

教室のそこかしこで「終わったあ〜」という達成感と解放感のこもった声が上がる。

期末試験の全日程が、今まさに終わったのだ。

「こらぁ。答案の回収が終わるまでは私語厳禁だよ！」

担任の太田《おおた》先生に注意されて、みんなも渋々口をつぐんだ。けど、コソコソと友達同士で目配せし合うクラスメイトたち。みんな帰りの寄り道が待ちきれない様子だ。

「はい。それじゃあ、今日はここまで。みんなお疲れ様」

ドッと話し声の奔流が教室内に響き渡る。はぁ、終わった終わった。帰ったらノブエルの製作を進めよう。並行してベルのアレンジ創作の方も。

いや、もしかしたら星架《せいか》さんがまたどこかに誘ってくれるかも。僕は彼女の席の方に視線を向けようとして、

「杳澤クン」

隣の席の横倉《よこくら》さんから名前を呼ばれた。見れば彼女の傍《そば》にメガネの女子がいる。横倉さんもメガネだから、さながら姉妹みたいだ。

「えっと？」

「あのね、この子」

横倉さんが左隣に立つ女子に掌《てのひら》を差し向ける。

「……浜村理子《はまむらりこ》です」

浜村さん。どっかで聞いたことあるような。

「体育祭の時、怪我《けが》しちゃって代わってもらった」

「あ！」

そうだった。それで、僕と星架さんが二人三脚に出場する運びになったんだよね。

……ヤバいな、僕。入学から三ヶ月近く経《た》ってるのに、クラスメイトの顔や名前が曖昧すぎる。實方《さねかた》さんみたいな目立つ人でも、ギリギリだったもんな。休み時間に製図とかやる習慣を改めた方がいいのかも。っとと、今はそういうのは置いておこう。

「その節はご迷惑をおかけしまして」

「あ、いえいえ」

「もっと早く、お礼とお詫《わ》びを言いたかったんですけど……沓澤クン、風邪で休んでたり、テストが始まったりで」

なるほど。体育祭の後は色々と忙しかったもんな。病み上がりからテスト開始までの間は……例のナンパ撃退映像事件のせいで、陽の方々が騒いでたからね。あそこに割って入るのは至難の業だろうし、仕方ないと思う。

「気にしないでもらえると」

「で、でも。沓澤クン、競技に出るのがイヤだから委員になったんじゃ？」

分かってるなあ。流石《さすが》は同じ陰の者同士。いや、決めつけるのも失礼かもだけど。

僕は苦笑して首を小さく横に振る。

「いいんです、本当に。やってみると案外、楽しかったから」

これが紛れもない本心だった。確かに最初は嫌だったけど。

「なんか沓澤クン、変わったよね」

傍でやり取りを聞いていた横倉さんが、そんなことを言う。そこまで深い親交があったワケじゃないけど、今まで教室内で一番話してたのが彼女で。その人がそう評価するなら、やっぱり僕は少し変われたのかな。きっといい方向に。

「溝口《みぞぐち》さんのおかげ？」

「うん、それは間違いなく」

競技を楽しめたのだって、星架さんと一緒だったから。周囲の目を気にしすぎないように頑張ろうと思えたのも、星架さんの好意に応えたかったから。

ただ即座に断言したのが妙に気恥ずかしくなって、僕は痒《かゆ》くもない後ろ頭を掻《か》いた。

「……その溝口さんなんですけど。彼女にもお礼とお詫びを言いたくて」

浜村さんがチラリと教室の前の方を見た。折良く、その星架さんが僕たちの方へ歩いてきているところだった。

「なになに？　康生、なんの話してんの？」

気さくに割り込んでくる。流石だなあ、星架さんは。

「あの……えと」

心の準備が出来ないうちに本人に来られたせいで、目も合わせられない浜村さん。気持ちが痛いほど分かるので、僕は助け船を出す。

「こちら浜村さん。僕と星架さんが体育祭の時に、彼女の代役で競技に出たのを、ずっと気にしてたみたいなんです」

「うん、紹介されんでも知ってるよ」

そりゃそうか。入学から三ヶ月も経って、クラスメイトの顔や名前を把握しきれてない社会不適合者は僕くらいなモンだろう。

「怪我はもう大丈夫なん？」

「あ、は、はい。すいませんでした」

浜村さんは「その節は本当に」みたいな付け足しを、聞き取れるか聞き取れないかの瀬戸際みたいな声量で呟《つぶや》いている。当然、星架さんと視線を合わせられないまま。

「うん、気にしないでいいよ。康生と二人三脚、楽しかったし」

「あ、ありがとうございます」

またも蚊の鳴くような声でお礼を言ってる。

「んじゃ、そっちの用事は終わりね。康生《こうせい》、帰ろうぜ」

僕の手を摑《つか》んで立たせようとする星架さん。けど、どうも浜村さんはまだ何かあるような雰囲気を出してる。星架さんには分からない、陰に生きる者だけが放つ『相手の察し待ち』という秘技。秘されすぎて不発に終わることも多々あるヤツだ。

「……何か、他にもあったりしますか？」

「あ……」

僕に秘技を見破られて言葉に詰まった浜村さんだったけど、隣の横倉さんにポンと腰を叩《たた》かれ、意を決したような顔をした。

「厚かましい話なんですが……少し相談がありまして」

そのメガネの奥の瞳が、おずおずと星架さんを見上げていた。

☆☆☆

二人とも漫研の部員ということで、部室を使わせてもらうことになった。狭い室内に足を踏み入れると、紙とインクの匂いがした。部屋の中央にコの字型に長テーブルが配置されていて、その上に物が散乱している。康生の部屋より更に散らかってる印象だ。

「ささ、どうぞ、どうぞ」

横倉さんが先に入って、テーブルの上を片付ける。といっても、テキトーに他のテーブルの上に物を積み直して、一つのテーブルを空けただけって感じだけど。

「……お邪魔します」

康生が近くのパイプ椅子を引き寄せて、アタシと自分の分の席を確保してくれた。こういうさりげない気配りは、春《はる》さんに鍛えられてるよね。

「……」

「……」

「……」

「……」

全員座ったはいいけど、途端に微妙に気まずい空気が。まあよく考えりゃ変な面子《メンツ》だもんな。これから頼まれ事されるっぽいアタシが気を回すのも変な気もするけど……

「ねえ、漫研なんだったらさ、描いてるマンガ見せてよ」

「え？」

まあまずは世間話的なヤツで場の緊張をほぐしてからっしょ。

「……今、見せられるのあったかな」

横倉さんが小声で呟いた。なんだ、見せられない物も書いてんのか？　てか見せられないマンガって何さ？

「あ、それだったら私の」

浜村さんが立ち上がり、自分の作業スペースらしき所に置いてあった封筒を取って、こっちに渡してくれた。中身を引っ張り出して康生と一緒に軽く読んでみる。

「お、おお。中世ヨーロッパの貴族みたいな？」

クルクルロール髪の女性が、継母《ままはは》らしき中年女性に家事が出来ないことで文句を言われてる。

「姉さんがたまに読んでる感じのヤツですね」

へえ、春さんに意外な趣味。

原稿の一枚目を捲《めく》り、二枚目へ。継母がバールのような物を持ち出して、主人公の女性を脅している。倫理的にも時代考証的にもバールはマズくねえか。更にもう一枚捲ると、いきなり大きなコマで王子様然とした男性キャラが出てきた。いかにもなイケメンで、このキャラだけ力の入れようが違う。吹き出しには『やめるんだ！』とセリフが書かれている。どうやら、このイケメンが主人公を助けてくれる役回りらしいな。

「確か……スポドリってヤツですね」

康生が注釈を入れてくれるけど、

「スパダリです」

即座に浜村さんに訂正されていた。うろ覚えだった康生は恥ずかしそうにしてる。

「しかし、なるほどねえ。少女漫画みたいな感じかあ」

アタシは子供の頃こそ、マジクルとか女児向け観《み》てたけど、元気になってからは全然だったからなあ。たまに触れるにしても、少年漫画の方が面白く感じたし。

「あ、もしかして頼み事って、星架さんを絵のモデルにしたいとか、そういう感じですか？」

康生がピンときた、みたいな顔で言う。だけど、

「あ、違くて」

違ったらしい。またも不正解の康生は照れ照れしてる。

「……えっと、あの。実は……」

話そうとして、だけど寸前で躊躇《ためら》ってる感じ。

「や、やっぱりいいです」

ああ、まどろっこしい。

「言えし。ここまで連れてきといて、ハシゴ外されても困るわ」

「あ……そ、そうですよね」

浜村さんは一つ深呼吸して。

「私、ギャルになりたいんです」

完全に予想外なことを言われた。それこそバールのような物で殴られたくらいの衝撃な

んだが。

「え……？」

康生も同じみたいで、口から単音を吐いたきり。必死に意図を汲《く》み取ろうと頭を回転させる間、ひたすら沈黙してしまった。浜村さんは浜村さんで、言った後、顔を真っ赤にして俯《うつむ》いてプルプルしてる。唯一、冷静で事情を分かってるだろう横倉《よこくら》さんが、

「理子ちゃん、宮坂《みやさか》クンと幼馴染《おさななじみ》らしくて」

更に新情報をぶち込んできた。いや、待って、待って。ついてけないから。

ただ浜村さんの反応は凄《すさ》まじくて、横倉さんの口を塞ごうと顔を丸ごと摑むような勢いだった。パイプ椅子がガタンと大きな音を立てる。

あー、なんとなく分かった。康生も察したかもと隣を見ると、考え込んでる感じ。断片的な情報のピースを組み立ててるんだろう。ただそれも数秒後にはハッと気付いた顔になった。

「うう～。ひどいよ～」

「でも協力してもらうなら、話すしかないと思うよ？」

「それはそうだけど～」

漫研部員二人のやり取り。これだけグズるってことは、やっぱりそうか。

「浜村さん……宮坂のこと？」

慎重に訊《たず》ねると、真っ赤な顔で頷《うなず》かれた。

「えっと、僕、外した方がいいですかね？」

「いやもう今更だろ。アンタも協力できることあるかもだし、浜村《はまむら》さんが嫌じゃないんなら、聞いておいた方がいいんじゃないか」

まあ配慮するなら横倉さんだったかな。とはいえ、あの状況から康生だけ外させるのも、かなり感じ悪いしな。つまりまあ、仕方のないことだったんだよ。諦めろ、浜村さん。そんな意図を込めて視線をやると、ううと唸《うな》りながらも観念したように、もう一つ頷いた。

「……小学校から一緒で、その、ずっと」

お、おお。思ったより長かった。

「それで少し前まで彼が溝口さん狙いだった点も考慮して、今回のお願いをしたかったみたいなんです」

横倉さんが補足を入れる。

「ネットでギャル免許《めんきょ》講習っていうのも見つけて、申し込もうかとも思ったんですけど」

うわ。マジか。嫌な予感がして康生の方を見ると、輝くような笑顔でこっちを見返してきた。

「やっぱりギャル免許はあったんですね！」

「ねえから。一〇〇億％詐欺だから」

キッパリ否定してやらないと。浜村さんのためにも。

「そうですよね……やっぱり」

「うん。思い留《とど》まっててくれてよかったよ」

しかしなあ。ギャルになりたいって言われてもなあ。

「ちなみに星架《せいか》さんは、どういう動機でギャルになったんですか？」

「いや。アタシは自分が可愛《かわい》いと思うメイクとかファッションとかが、たまたまギャルっていう類型だっただけで。別にギャルになりてえとか思わなかったし、なんなら別に今も自分のことギャルだとも思ってないけどな」

客観的に見ればギャルっていうカテゴリーに入るのは理解してるけど。

「そうだったんですね。初耳でした」

「まあギャルに憧れて始める子もいるとは思うけど、アタシは別に。だから、なり方とか聞かれても正直なあ」

てかギャルギャル言い過ぎてゲシュタルト崩壊しそうになってきた。

「とりあえず、形から入るというか、服装やメイクを寄せてみたらどうですか？」

康生の提案に、しかし浜村さんは首をふるふると振った。そしてスマホを取り出し、軽く操作した後、画面をアタシの方に向けてくる。

「う。これは」

ベタ塗りみたいな失敗メイクで、完全に服に着られてるオタク女子の画像だ。メイクのせいで割と原形留めてないけど、恐らく浜村さんだろう。もはや皆まで言うまい。

「メイクの仕方から……いや、その前に猫背を治そう。あとメガネも取ろう」

最近はレンズ大きめのクラシックな伊達《だて》メガネを掛けてるオシャレさんとかもいるけど、あれは上級者の所業だからな。

「つか更に言うなら、いまアイツ、他のクラスの女子と仲良くなりかけてるとか聞いたけど？」

「そ、そうなんですか!?」

あ、浜村さんも知らなかった情報か。ショックを受けてる。なんというか、いたたまれんな。多分、アタシ狙いを諦めたから自分にもチャンス到来と思ったんだろうに、もう既に他に粉かけにいってるとかな。

……冷静に考えて、あんな節操なしのシイタケ、どこがいいんだろう。

「ちなみに、その相手ってどんな人か分かりますか？」

呆然《ぼうぜん》としてる友人に代わって、横倉さんが訊ねてくる。アタシも誰かは知らんのだけど、

「ちょっと友達に確認してみる」

情報筋の愛音《あいね》に聞けば分かるっしょ。ということで早速レイン。

『こないだ話してた、宮坂が粉かけてる女子って、どんなヤツか分かる？』

すぐに既読がついて、一分後にはリプが返ってくる。

『んだよ。やっぱ惜しくなったのか？　そういうのはよくねえぞ。沓澤《くつざわ》と二股する気か？』

『うっざ。あるハズねえし。ちょっとワケあって、知りたいって人がいるんだよね』

『うーす。確か写真あったハズ。ちょい待て』

続いて画像が添付されてきた。開いて拡大すると……

「ギャルじゃねえし」

黒髪ロング。真っ白い顔に、赤入れた目元が印象的な、いわゆるドールメイクってヤツか。どっちかっていうと、地雷系に近いか。うーん。自分で言うのもイタイけど、アタシより顔面偏差値落として、可愛い系かつオシャレな子を狙ってきた感じ。また大学で例えるなら、明確に滑り止めの私立だな。あいつ、ホンマ……

「えっと、見せていただいても？」

横倉さんに催促されて、アタシはスマホを反対側に向ける。向かいに座る漫研二人と、隣から康生《こうせい》が覗《のぞ》き込んだ。

「うわ。節操がない」

康生のストレートが飛ぶ。まあそう思うよな。本当に外見だけで選んでるのが丸わかりというか。体育祭ん時、ガワばっか見るなと説教したハズだけど。しょうがねえか。そんな簡単に人は変わらんわな。

「これ……ギャルになっても意味ない？」

「そういうことだろうね」

向かいの二人は意気消沈。ていうかさ。

「根本的な話だけどさ、やめといた方がいいんじゃね？　割とロクでもねえぞ」

人の好みにとやかく言う資格もないのは分かってるけど。

「……昔は、ああいう子じゃなかったんです。大人しくて臆病で、でも優しくて。私が困ってる時はいっつも助けてくれてたんです」

ビビリなところだけは今なお健在だけどな。アタシがナンパ野郎たちに絡まれてる時、爆速で逃げてったし。

「ウチで飼ってた猫が死んじゃった時も、ずっと慰めてくれて……それで私、えっと」

なるほど。素敵なキッカケやね。

「でも中学に入ってからオシャレするようになって、いわゆるクラスカーストの上位層の人たちと絡めるようになって……」

イキりだしたと。

「……お兄さんがいい大学受かったのもプレッシャーだったのかな。今になって思えば」

ああ、そういうパターンか。アタシは一人っ子だからな。優秀な兄・姉と比べられる感覚ってのは分からんな。

まあとにかく、浜村さんが小学生の頃からアイツのこと気にかけてたってのはガチのマジみたいだな。他人のアタシから見たらキノコでも、彼女にとっては子供の頃のヒーローで……こういう恋はうまくいって欲しいと心底思う。

まあまだ例の女子とくっつくかどうかも分からんし、言い方悪いけど、仮にくっついてもすぐ別れそうな雰囲気はプンプンしてるからチャンスはあるとは思うけどな。

「……」

康生もアタシと同じ気持ちらしく、何か妙案はないかと考え込んでいる風だった。

「……男の僕のアドバイスなんてアレですけど、ギャルはともかく、お化粧とか勉強するのはアリだと思います」

「えっと？」

「星架さんのチャンネルです。メイクとかコーデとか指南する大人気動画をあげてるんですよ」

大人気とか言うなし。けどまあ、割といいアイデアかもな。

「宮坂がルッキズムの犬である以上、どういう系を目指すにも、メイクの腕を上げておいて損はないいんじゃないかと。そのために星架さんの動画で勉強したらどうかなと……思ったんですけど」

最後の方、ちょっと自信なさげになっちゃったけど、いや普通にアリだと思うよ、アタシも。

「そっか……いいアイデアかも」

横倉さんも同意する。浜村さんも指針が出来たことで、顔を上げた。

「やってみます。足掻《あが》けるだけ」

……強いな、この子。もう間に合わないかもしれないのに。努力できるんだ。

「今日は二人ともありがとうございました。無理に連れて来てしまったのに、親身に考えてくれて」

浜村さんは立ち上がり、深々とアタシたちに頭を下げた。そして自分のカバンを漁《あさ》り、

「あの。これ、よかったら」

何か差し出してくる。お礼かな。受け取ってみると、アイスクリーム屋のギフト券だった。五〇〇円分が三枚。

「いいの？　こんなに」

「はい。体育祭の件も兼ねて、お礼とお詫《わ》びですから」

最初からアタシたちのために用意してた物か。なら変に遠慮合戦するのもアレだな。

「ありがとう」

「ありがとうございます」

二人で使わせてもらおう。

「僕、ラムレーズンがいいです」

「早い早い。いやらしいから」

贈ってくれた人と別れてからやろうな、そういうのは。

結局、そんな感じでアタシたちは漫研の部室を後にしたのだった。

解散後、製作所への曲がり角のところで康生とも別れ、帰宅。自室に入ったところで、さっきの部室でのやり取りを反芻《はんすう》し始める。

なんつうか、浜村さん、とても他人事《ひとごと》とは思えなかったよな。小学生の頃から好きな男の子を一途《いちず》に想《おも》い続けてるって、まんまアタシと同じ境遇だもんな。未《いま》だ振り向かせられてないところも。

「けど。お相手のタイプがな……」

康生はあちこち女の子に粉かけて回るような軽薄な子じゃないし、周囲に対しても優しい。宮坂《みやさか》も昔はそんなだったと浜村さんは言ってたけど。お兄さんに勝てないかもと思った時に、逃げ道としてガワを磨くことを覚えたのかもしれない。学力以外の価値を模索したくて。

そして同じようにガワのいい相手、クラスの上位グループや、可愛い女子、そういった連中とつるむことで自分のステータスを上げることに夢中になってしまった。だから、ずっと傍《そば》にいた浜村さんみたいな子は、見えなくなってしまった。

体育祭のことを思い出す。宮坂と二人三脚のペアになった時、浜村《はまむら》さんは嬉《うれ》しかっただろうな。なのに怪我《けが》してしまって……しかも宮坂は大して心配してる様子もなかった。ガワのいいアタシと競技に出て、注目を集めたい。あわよくば付き合ってステータスにしたい。それしか頭になかったんだろうな。

「康生とはつくづく真逆だよな」

もしアタシが今も体が弱くて、化粧っ気もなく髪もボサボサの病人だったとしても、間違いなく康生は優しく接してくれる。一生懸命に何か作って励ましてくれる。顔の良《よ》し悪《あ》しや、相手が自分のステータス上げに寄与するか否かとか、そんな打算で態度が変わるワケがない。康生の物づくりへの情熱が、そんなチャチな価値観で構成されてるワケがない。

「だからこそ、こんなに惚《ほ》れてるんだし」

まあ言葉にして確認するまでもなく、アタシが康生を好きなのは決まりきった話だけど。要するに刺激を受けたってことだろうね。浜村さんの強い想いに。

「アタシの方が相手に恵まれてて、更にライバルも現状いない。それに莉亜《りあ》も言ってたけど、確実にアタシだけ一段上の扱いをしてくれてる」

あんなに難しい恋をしてる浜村さんが頑張ろうってのに、ここまで整ってるアタシが日和《ひよ》ってる場合じゃないわな。

「ふう」

一つ息を吐いて、気を落ち着ける。

……実はアタシにはリベンジを期していることが一つあった。

あの時のモールデートだ。まあリベンジって言うか、アタシの暴走で反則ノーゲームになったみたいなモンだけど。

康生とまた十分に仲良くなって、誘っても気まずくならなそうなタイミングで切り出そうと考えてた。そして、アルバムの件で、アタシのやらかしすら康生は優しく受け止めてくれてるって知って。今度こそいいデートにして楽しい時間を過ごしてもらいたいって改めて強く思ったんだ。

それに、幸か不幸か例の胸タッチ事件もあって、意識もまだバッチリしてくれてる。テストも終わって時間も出来たし、絶好の機会じゃなかろうかと。

「そうと決まれば」

鉄は熱いうちに打て。思い立ったが吉日。アタシはスマホを取ると、康生に明日の放課後、時間を空けて欲しいとレインを打つのだった。

★★★

浜村さんたちと話した翌日、僕と星架《せいか》さんは放課後、駅前にやってきていた。駅から少しだけ南に下ったところに、全国チェーンのアイスクリーム屋さんがあるのだ。つまり、早速いただいたギフト券を使いに来たという話。なんか星架さんも僕に話したいことがあるらしいし、丁度よかったよね。

「どれにしよっか？」

店内は比較的空《す》いていて、先に並んでるのは一人だけ。すぐに僕たちの番になりそう。

「初志貫徹、ラムレーズンと……チョコレートのダブルにします」

「アタシもチョコ系は欲しいな。あとは抹茶かな」

一五〇〇円分もあるからね。けど今更ながら、体育祭の代理と恋愛相談くらいで少々もらいすぎな気もしてくる。何か他にも手伝えることがあればいいんだけどな。でも宮坂と腹を割って話せる間柄じゃない……どころか一方的に敵視されてるうえに、ピンチで無視されたというオマケつき。僕の方から彼に何か働きかけることは難しいと思う。

二人でアイスを注文し、奥の席を陣取る。周囲のテーブルも空《あ》いてるから、話を聞かれる心配もなさそうだ。

「いやあ。浜村さんに感謝やね」

「はい。わざわざこんなお礼を用意してくれてるとは」

「ね。いい人だよね。男の趣味は……まあ、アタシが言うことではないか」

飲み込んだな。星架さんも大人になった。

「アタシの動画で何か摑《つか》んでくれたらいいな。宮坂がダメでも、メイクやファッションを覚えるのは人生で損にはならないからね」

星架さんの口振りからして、宮坂の次の恋愛を頑張れって思ってそう。まあでも確かに。

「一途に相手を想える人は、同じく一途に想ってくれる人と。そういうのが幸せなのかもしれませんね」

人と人の絆《きずな》は……儚《はかな》い。本当に些《さ》細《さい》なキッカケや言葉で変わってしまう。だからこそ、変わらず一途に人を想えるというのは、きっとある種の才能で。

……やめよう、感傷が過ぎる。

「一途には一途……か」

星架さんが僕の言葉を繰り返す。なんか少し恥ずかしくなって、カップアイスの中身を頬張る。何か違う話をしよう。そう思って正面の星架さんを見ると、少し真剣な表情をしていた。彼女の方から話題を変えてくれそうな雰囲気。

「ねえ、康生《こうせい》」

「はい」

「えっとさ……テストも終わったじゃん?」

頷《うなず》いて返す。

「それで、夏休みまでの間、康生って何するんかなって……聞いてみたり」

「そうですね……コンクールがあるんで、まずノブエルを完成させます。その後はベルのアレンジング、快気祝い、と星架さん関連のをやりますね」

「あ、そっか。それじゃあ、ちょっと忙しいんだ？」

「まあ多少は」

「……そっかあ」

寂しそうな声と表情。

僕の勘違いじゃなかったら。予定を聞いたということは、僕と遊びたいと思ってくれてるんじゃないかな。それくらいには自惚《うぬぼ》れてもいいよね。いつもグイグイ僕を引っ張っていく星架さんだけど、同時に優しい人でもあるから、僕の返答を聞いて遠慮してくれたのか。彼女の立場からすると、自分の頼んだ創作のために時間がないと言われてるようなものだもんね。

「……」

黙ってしまった星架さんを見て、キュッと胸の奥をつままれたような感覚。

「……また創作が遅くなりますけど、その、星架さんとも遊びたいです」

「康生……！」

ぱあっと花開いたような笑顔。そして少し赤くなった顔で、

「そっかあ、星架さんと遊びたいのか〜。かわうぃ〜なあ、康生は」

照れ隠しにそんなことを言って、対面から手を伸ばして頭を撫《な》でてくる。

「じゃあデートしよっか」

「デ、デート」

「前さ、モール行った時、アタシのせいで変な感じで終わったじゃん？　アレのやり直し、お願いしたいんだよね。今度こそ……ちゃんとしたモールデート」

そっか。きっとずっと星架さんの心に引っかかってたんだな。あの日、暴走してしまったことだけじゃなく、そのせいで楽しい時間も壊してしまったこと。

「当日は、お詫びも兼ねて、康生の好きなように回りたい。あとさ、服。明日アタシが載ってるファッション雑誌持ってくるから、その中から、康生が好きなコーデ選んで。それ着てくるから」

「え？　え？」

焦って畳み掛けるような星架さんの提案。きっと彼女も余裕がないんだろう。

「だから……康生にとってはケチのついた場所かもしれないけど、アタシともう一回、デートしてください！」

座ったまま頭を下げ、テーブルの上に手を伸ばしてくる。どこかからヒソヒソ声が聞こえてきた。いくら疎《まば》らとはいえ、店内には人がいる。そのことを頭の片隅で認識しながらも、気が付けば僕は彼女の手を握っていた。

「……ぼ、僕でよければ、こっちこそお願いします」

弾《はじ》かれたように顔を上げた星架さん。

「楽しいデートにしましょう」

そう言うと、少し泣きそうな顔で微笑《ほほえ》んでくれた。僕もとても優しい気持ちになれる。

と、その時だった。

「ねえ、あの子って、こないだ駅前でナンパ男に立ち向かってた子だよね」

「うん。大人しそうなのに男らしいなって見てたから、私も覚えてる」

「女の子の方も同じ子だよね」

「うんうん。進展してるね。尊い、尊い」

周囲からそんな会話が聞こえてくる。話してるのは……当然僕らのことだよね。うう。しまったよ。あの日と同じような時間帯で駅チカのお店だったら、見ていた通行人の誰かに会う可能性は全然あるよね。視線を巡らせて確認する度胸はないけど。なんかテーブルの上で繋《つな》がれた僕たちの手に視線が注がれてるような気がする。

「……あ、あの、そろそろ手を」

「あ！　うん。あははは。顔あっつ」

星架さんも見られてるのに気付いたのか、パッとすぐに手を離した。残念そうな「あ〜」という声に、咄嗟《とっさ》に振り返ってしまうと、スーツ姿の女性二人と目が合った。すぐさま目を逸《そ》らされるけど、もう遅い。まあこんな所で手を繋いだ僕たちが悪いんだろうけど。

結局、居づらくなって、すぐに店を出た。外の空気に触れた瞬間、星架さんの方が限界を迎えたらしく。

「きょ、今日はもう帰るわ！　明日、雑誌持ってくるから！　んじゃ！」

「あ、送って」

「いい！　まだ五時前だし！　サンキュー！」

瞬く間に帰ってしまった。帰り道、同じなのにな。

「………」

この、走っていく星架さんを見送る構図。最近だとアクシデントで胸を触ってしまった時以来か。最初はそれこそモールで遊んだ別れ際だったよね。あの時は、本当に何がなんだかで、相当ビックリした覚えがある。

あれから二ヶ月近く。一緒にいる時間がどんどん増えていって。毎日の登下校と、帰りに寄り道することもしばしば。あのスーパーの店員さんには間違いなく顔覚えられてるよ。土日も、星架さんがバイトで外せない日や友達と遊ぶ日、僕の方が仕事してる日、それ以外は大体一緒に遊んだ。

そうしてかなり仲良くなってからの、あの二ヶ月前のやり直し。実際、僕はあの暴走に関しては、むしろ彼女の義理堅さと情の深さが生んだものだと捉えてるから、今はもう気にしてない。だけどきっと、星架さんにとっては心に刺さったトゲなんだ。なんとか取り除いてあげたい。そのためにも、絶対に次のデートは成功させなくちゃいけない。

それに……きっと彼女の中ではそれだけじゃない。まさか僕なんかを、って卑屈になってハナから可能性を除外してたけど、彼女の最近の様子、そして今日のこと。憎からず思ってくれてる、と思う。多分。あんな声も体も震わせながらデートに誘ってくれて、全く男として見てませんって言われたら、僕は女性不信になる自信がある。

光栄だとは思う。仮に、ちょっといいなくらいの淡いレベルだったとしても。けど、同時に。

「……怖い」

人は笑っている仮面の下で、友達の仮面の下で、平気で裏切っていたりするから。友達すらマトモに作れない僕を、異性、それもとびきり美人の星架さんが追いかけてくれる。そんな旨《うま》い話があるもんだろうか、と。仮面の下では、僕の反応を見て、からかって遊んで……

僕は思いっきり自分の頬を引っ叩《ぱた》いた。星架さんはそんな人じゃないって何度も何度も思っただろう。彼女の義理堅さに、優しさに、行動力に、救われてるって。紛れもない事実じゃないか。信じられなくてどうする。

「ふう〜」

一つ長い息を吐いてから、僕も家路を辿《たど》った。


家に着いて数分後、スマホが震える。星架《せいか》さんからのレインだった。

『今日、置いて帰っちゃってゴメンね』

下に子犬が手を合わせて謝ってるスタンプがついてた。気にしないでと返す前に、続けてメッセージ受信。

『デートの日取りだけどさ……今週末でいい？』

今週末。以前と同じく土曜日か。

『了解です。時間とかはまた明日、詰めましょうか』

『うん。それで』

その後は『アイス美味《おい》しかったね』というような他愛のないメッセージを往復させて、レインのやり取りも終わった。

「デート。今週の土曜、星架さんとモールデート」

意味もなく繰り返してしまう。僕はやっぱり……嬉《うれ》しいんだと思う。

そこで、フッと妙案が浮かんだ。星架さんは僕がコンクール用のノブエルしか作ってないと思ってる。部屋に上げた時も、創作途中の物はクローゼットにしまってあったから、僕が並行してベルのアレンジインテリア製作を進めてることを知らないハズ。つまり……

「サプライズが出来る」

僕は星架さんの驚く顔を思い浮かべて、気合マックスで道具の準備を始めるのだった。

☆☆☆

ああ、ついにやった。一歩踏み出した。一生ものレベルのガチ恋とまでは悟られてないと思うけど、異性として意識してるのは伝わったと思う。いよいよ。いよいよだ。

怖さは当然ある。というか、今でも逃げ出したいくらいだ。「さっきのは感情が昂《たかぶ》りすぎてたよ。普通に友達デートだからね？　気負わず行こうぜ」とか言って。

でもそれは出来ない。今の心地いい、ぬるま湯みたいな関係も嫌いじゃないけど、やっぱもっと先が欲しい。友達だって言ってくれるまで、心を開いてくれるまで待ちながら、異性としても意識してもらうようにする。そんな作戦だったけど、浜村《はまむら》さんから刺激受けたのもあってか、恋心の方が待ちきれなくなってるんだ。

「てか康生の中の友達ってもう多分、ほぼ恋人とイコールなんじゃないかって気がするんだよな」

少なくとも親友レベルのハードル設定だと思う。そして親友までいけたら、アタシは絶対その先も我慢できない。もう今の状態ですら、もっと触れたいもん。あのモチモチほっぺ。硬いけど触り心地のいい髪。意外にも男らしい二の腕。皮が硬くなった掌《てのひら》と指。遠慮なく触れるようになるには、やっぱ今のままじゃダメなんよ。

それにアタシにも触って欲しいって気持ちもある。前に頭撫でてくれたの未《いま》だに時々夢に見るし、二人三脚で体同士がピッタリ触れ合ってるの最高だったし、胸触られたのだって……うん、嫌とかは本当になかった。ちゃんと好きになってくれた後なら、触らせてあげたいとまで思ったし。

「……やっぱその未来が欲しい」

だったらやることは一つ。

部屋のクローゼットからアタシがページもらってる雑誌のバックナンバーを引っ張り出してきた。自信のあるコーデだけ厳選していく。どれを選ぶかは康生《こうせい》次第。けどどれを選ばれても完璧に仕上げてやる。落とす……のはまだ無理かもだけど、ときめかせるくらいには持ってく。

アタシは康生の照れ顔を思い浮かべて、気合マックスでページを捲《めく》るのだった。


翌日。アタシは約束通り、バックナンバーを康生に貸した。自信のあるコーデを紹介してる部分に付箋を貼ってあったんだけど、康生が選んだのはまさかの巻末にチョロッと載った、白のワンピースを着た一枚。

なんとか自信のあるどれかに誘導したかったんだけど、本当に小さく、多分アタシに聞こえてないつもりで「ウェディングドレスみたい」って言う呟《つぶや》きを拾ってしまったもんだから、後に退《ひ》けんくなった。そんな隅の方までアタシを探して見てくれたのも嬉しかったし。

ただ、普段は全然と言っていいくらい、こういうガーリーなんは着ない。似合わんし。白とアッシュグレーってなんかどっちも活《い》きない気がするんよね。実際、この時も物は試しと挑戦してみたけど、編集側の反応は芳しくなかったし。「自信を持って着てない」って言われたのを覚えてる。その割には載せんのかよとか思ったけど。

「けど、今になって思えば」

コーデ自体、挑戦自体は悪くないって意味だったのかなとも思う。あとはアタシ次第だぞ、って。実際、自信を持って堂々と着るってのは、思っている以上に大事な要素だったりする。

ファッションは気持ちから、か。いつだったか先輩のモデルさんが言ってた。確かにそうかもね。もちろん信長《のぶなが》柄とか着てたら、どうにもならないけど。

てかアイツ、武将ネタのヤツ着てこねえだろうな？　それは承知せんぞ。こっちがマジでアホみたいに時間使って悩んでんのに。

「ふふ」

本当に予想外のことしてくるからなあ。それが面白くて目が離せないんだけどさ。

ふうと大きく息を吐く。康生が見てみたいって言ってくれてるんだ。仮に似合ってなくてモールの客たちに変に思われようが、そんなんどうでもいいじゃん。

アタシは軽く頬を叩《たた》いて、全体のコーディネートを考える。手持ちのサンダルとバッグを思い浮かべて、頭の中で組み立てていく。康生の気持ちに応えたい。

二時間以上かけて、納得のいく組み合わせが出来た。

足元は黒のヒールサンダル。バッグは思い切ってエメラルドグリーンで。髪色と合わせるの怖かったけど、もう康生の好みに寄せようって決めた。

これで行こう!

大丈夫。絶対に大丈夫だから。

★★★

それから週末までの数日間は、僕も星架さんも、どこか浮ついた感じがあった。意識しすぎて一緒の時間を減らしたとかじゃない。登下校はもちろん、例のスーパーで軽くお菓子を食べながら、返ってきた答案を見せ合って、反省会や祝勝会をしたりされたり、なんてイベントもあった。だけど、その間も、ふとした時に週末はこの子とデートなんだと思ってしまって。ついそのキレイな横顔をチラ見してしまったり。逆に向こうからの視線を横顔に感じたり。

そんな日々を過ごしながら、僕は裏で着々とベルのアレンジインテリアの製作を進めていった。

まずはベルを上下に分解。底側にある軸部をカットして平坦《へいたん》にし、下地を入れる。その表面を塗装&レジンで作った小石をいくつかまぜて、アスファルトを表現。その上に僕と星架さん、溝口号《みぞぐちごう》のミニチュアを乗せる。溝口号は、フレームが似てる物を吟味して購入、実物を見ながら色づけ。チェーンやハブの傷んでる所には赤錆《あかさび》を再現した色を細かく着けた。

僕と星架さんのミニフィギュアは粘土でチマチマ作った。ちなみに、お胸を作る時、やけにリアルなサイズ比で作れてしまって罪悪感がハンパじゃなかった。掌が記憶してたみたいで申し訳ない。

その二人分のフィギュアの配置は、僕がチェーンを直している横から、星架さんが膝小僧に手を当てて中腰で覗《のぞ》き込んでるという構図でまとまった。最初は転倒途中に支えてる場面にしようと思ったんだけど、なんか僕がカゴを摑《つか》まえて、自転車泥棒しようとしてるみたいに見えてしまったのでボツ。今の形になった。

そんなこんなで、納得がいくものが出来上がったのは、木曜日の夜。割とギリギリだった。

開いた貝殻のようにベルの上下を固定して、いつでも中を見られるようにしたインテリア。底側には故障した溝口号と僕たち二人。当時の状況を再現した一品に仕上がった。それを大切にクリアケースへ納める。

そこまで終えると、思わず部屋で一人、「よし！」と両手を高く突き上げた。達成感と、彼女が喜んでくれるだろうという期待感で、意味もなく部屋を三周くらいしてしまう。

「喜んでくれるよね？」

お母さんの所有だった頃も含めると相当長い間、溝口家にいたあの自転車、その沢山の思い出の中から一番に選んでくれたのが僕と再会した、あの日の光景だったんだ。光栄なことだし、親愛の情を抱《いだ》かれてるからこそなハズ。そしてその気持ちに応えるべく、ベストを尽くして製作した。

大丈夫。絶対に大丈夫だ。


そしていよいよやって来た、土曜日。夏休み前の最後の週末。学生らしき人はそれなりにいるけど、大人は少ない感じだ。社会人さんは半分くらいは仕事かな。お疲れ様です。逆に海の日と合わせて三連休を取れた人は、家族と小旅行に行ってたりするんだろうか。とにかく、エアーポケットというか、思っていた半分くらいの人出だ。正直、助かる。まあ前よりは、僕の人混みへの苦手意識も改善されたけどね。

特に今日は、今の僕にとって家族を除けば、一番頼りになる人と一緒だから、心理的な余裕も大きい。

とか思ってたんだけど、待ち合わせ場所で佇《たたず》む星架さんを見つけて、その姿を見て、全く別の緊張感が僕の中で芽生えた。

あ、あんなに可愛《かわい》い子と僕が一緒に歩いていいんだろうか、と。いきなり青春警察がやって来て、身分不相応の咎《とが》で極刑にされないかな。

「あ！　康生！」

飼い主を見つけた忠犬のような喜びようで、手を振ってくる。カッカッカッと靴音を立てながら小走りに寄ってくるので、慌てて僕の方もダッシュした。

「む、無理しないで、星架さん」

彼女の足元、よく見れば凄《すご》く頼りない細さの革紐《かわひも》で結ばれただけのヒールサンダルだ。動きにくいのは苦手な星架さんが、こういった物を履いてる。改めて今日は特別なんだと思った。

「いやあ、やっぱ動きにくいわ」

抱きとめるように伸ばされた僕の両手を、摑まり立ちの乳児みたいに握りながら、星架さんは苦笑した。

体勢を整えた彼女を改めて見る。白の肩出しワンピースは、軽くフリルもついていて、可愛らしいデザイン。ハンドバッグは少し光沢を抑えたエメラルドグリーンだ。

「ど、どうかな？」

僕の視線を受けて、少し自信なさげに俯《うつむ》いて、だけど上目で窺《うかが》いながら聞いてくる。その仕草も相まって、

「すごく、すごく可愛いです」

考える間もなく答えてた。

「ほんと？」

声音も少しあどけない。僕は何度も首を縦に振った。改めて全体をもう一度。うん、やっぱ可愛い。

「普段のカッコキレイなギャルファッションも素敵ですけど、こういうまさに女の子って服もすごく可愛くていいです」

星架《せいか》さんは耳まで赤くなって、けど嬉《うれ》しそうに笑ってくれてて……その顔がもっと見たくて言葉を重ねた。

「ありがとうございます。やっぱリクエストは正解でした」

そうして言い切ってから、ようやく頭が冷えてきて、途端に恥ずかしくなってくる。

ああ。うああ。言った内容に嘘《うそ》はないけど、こんな人前でベラベラと。

その時、僕らの近くをスーツ姿の女性二人組が、

「見て、あの子たち。待ち合わせで既に二人とも顔真っ赤だよ」

「うわ、ホントだぁ。可愛い～！」

などと会話しながら通り過ぎていく。最近こんなんばっかりだ。沢見川《さわみがわ》には青春観測ブームでも巻き起こってるのか。

もう僕も星架さんもいたたまれなくて。

「い、行きましょうか!?」

早く立ち去りたくて、かけた声まで軽く裏返る。

「う、うん！」

星架さんも裏返りはしなかったけど、声量をミスったみたいな雰囲気。

僕はとにかく歩き出す。けどすぐに星架さんがついて来れてないのに気付いて引き返した。

「ごめんなさい、速かったですか？」

最近ではすっかり彼女の歩くスピードを体が覚えてしまって、自然と合わせられてたハズだけど。

「いや、そうじゃなくてさ。ヒール」

「あ……すいません。女の子の事情が全然わかってなくて」

ダメだなあ、僕は。さっき歩きにくそうだなって手を貸したばっかりだったのに、テンパって忘れて。

「そんな顔しないの。お互い、キチンとしたデートなんて生まれて初めてなんだからさ。つか完璧に女慣れしてたら、そっちのが嫌だわ」

テンパってる僕を見て、星架さんの方が先に落ち着いてくれたみたい。

「だからさ……転ばないように、腕、貸してもらっていい？」

「え、あ、はい」

一瞬、猟奇的なことを考えたけど、すぐに左腕の内側に彼女の右手が入り込んできて、意味を理解した。腕を組む、ってヤツだ。

素肌同士が触れ合う感触に息を呑《の》んだ。汗のせいで、しっとりとしていて、だけど柔らかくてキメ細やかな彼女の肌。もう心臓がどうにかなってしまいそうだ。

「いこ？」

ぎこちなく頷《うなず》いて、その動きで、少しだけ肘が星架さんの胸を掠《かす》めた。彼女は多分、気付かないフリしてくれてる。

こんなにくっついてたら、またこんな偶然の接触は起きるだろうし……デートが終わるまで僕の心臓はもつんだろうか。

☆☆☆

かなり大胆に腕組んじゃったけど、康生《こうせい》も結構ドキドキしてくれてる感じだから、勇気出した甲斐《かい》はあった。まあアタシも恥ずいんだけどさ。

「どこ……行きましょうか」

まだ若干、声が上擦ってる康生。

「誘った時も言ったけど、今日は康生の行きたいところ優先でいいよ」

「……うーん。じゃあ三階のカプセルトイ専門店にでも行きましょうか。星架さんが好きなのもきっとありますから」

おお。普通にいいアイデア。色んな種類のトイがあるだろうから、武将空間に引き摺《ず》りこまれることもなさそう。

ということで早速、三階テナントへ。木目調タイルの上に整然とマシーンが並んでる。

店内は親子連れが多いけど、女性三人組なんかもいて、結構入りやすそうな雰囲気。

「寺……戦国……」

なんか隣の人が不穏なことを呟《つぶや》いてるけど。気を取り直して入店。通路も狭いので、他の人とすれ違う時は体を斜めにしながら。そうして二分ほど冷やかしていると、

「あ」

戦国武将の愛刀の小型模型が入ってるマシーンを発見してしまった。ちょっと迷ったけど、康生に教えてあげることにする。

「康生、こっちに武将の刀のヤツあるよ」

「……！」

ワクワク顔で近づいてくる。よかったね。

「わ。本当ですね。おお、全六種にシークレット一種。シークレットは……蜻蛉切《とんぼきり》ですかね」

シルエットだけで平然と当てるんじゃねえ。ていうか刀じゃねえけど、いいのかそれは。

「星架さんが見つけてくれたんですから、お先にどうぞ」

「いやいやいや。なんでそうなる？」

「え？　普通は見つけた人に譲るのが……」

伝わんないかなあ。

そういう譲り合いは、どっちもが欲しい場合にしか成り立たないんだよ。

「とにかくアタシはいいから。アンタがやりなよ」

「そ、そうですか？　ありがとうございます」

康生はお礼を言って、マシーンの脇から中を覗《のぞ》き始めた。小学生がやるヤツだな、それ。

「ちょ、ちょっと。恥ずかしいからやめろし」

鼻の下とか伸び散らかしとるし。

「……全然分かんないから、とりあえず回してみます」

「分かんねえのかよ……」

アタシ、恥のかき損じゃねえか。康生は五〇〇円玉を投入して、つまみを回す。中の金属が動く重たい音。捻《ひね》りきると、取り出し口にカプセルが落ちてきた。康生は早速開封し、中身を取り出す。アタシには種類は分かんないから、同梱《どうこん》のちっちゃい説明書をもらって確認。宗三左文字と書いてある。

「そうざ……さもんじ？」

「やった！　星架さんの好きな今川義元《いまがわよしもと》の愛刀ですよ！」

「好きじゃねえよ」

まだその疑惑、生きてたのか。

「またまた。ご冗談を」

「真剣な話だよ」

「真剣の話だけに？　ふふ」

ああ、もう。鬱陶しい。

「プレゼント」

「いらん」

キチンとした初デートのプレゼントが今川とか。

結局、刀のトイはそれきり。康生も言ってみただけらしく、すんなり自分の懐に納めてた。単に自分が欲しかったからっていう線も否めないけど。

そこからは動物系のトイ探し。需要がダンチなのですぐに見つかった。しかも沢山。

「千佳《ちか》にもお礼の意味を込めて回していくか」

「ああ、そうですね。色々お世話になりましたからね。お好きなのは……自然とかクマとかでしたっけ？」

「そうそう」

可愛《かわい》らしいクマちゃんね……って、康生のヤツ、危険動物シリーズの方に向かってやがる。シャツの裾を摑《つか》んで止めた。振り返ると不思議そうな顔。

「ダメなんですか？　自然のクマ。肩の筋肉とか再現度も中々ですよ？」

「肩の筋肉とかいらねえんだよ。自然とクマを分けて考えて欲しいんだわ」

「……」

伝わんないかなあ。

二分くらい説明して、マスコットのクマの愛らしさと大自然の雄大さ、両方の魅力を伝える羽目になった。最終的には納得してくれた康生と、可愛いクマのプチぐるみのマシーンを回して二種類を千佳へのプレゼントとして見繕った。

しばいぬ
ワンワン!
全4種

その後。アタシの目当ての柴犬《しばいぬ》のトイもゲットし、ペットショップを軽く冷やかして。そんなこんなで遊び回ってると、いつの間にやら昼過ぎになっていた。楽しすぎて普通に時間を忘れてたよね。

毎度フードコートじゃ芸がないから、レストラン街を巡る。人出が少なめとはいえ、流石《さすが》に待ちナシの所はなさそうか。ちなみに今日のデート代は、二人で使う分は割り勘。それぞれの買い物はそれぞれで。という配分になってる。アタシが誘ったしアタシが出そうかと言ったけど、断られた。

逆に携帯扇風機の件を持ち出されて、お金あるんですかと心配されたくらい。アタシ自身、その設定忘れてたんよね。誤魔化すのに必死だった。まさかアンタにくっつきたいから金欠のフリしてたとは言えんし。それでもなんとなく、ちょっと察されてる雰囲気はあったけどね。まあ、あっちも「僕にくっつきたいから嘘ついたんですか?」とは聞けないだろうけど。

「なに食べましょっか?」

「ん、なんでもいいよ」

あ、これデートで相手が一番困るヤツだ。慌てて康生を見ると、

「じゃあ僕、オムライスが食べたいです」

はい、可愛い。

「うん、いいよ。行こっか」

愛くるしさに、自然と康生の手を握ってた。流石に人目が多くて、腕組みは途中で止《や》めちゃってたんだけどね。手くらいなら、そこまで恥ずかしくなんないっしょ。てか、誰もアタシらなんか大して注目してないけど。

「康生って子供の時、旗ついてるオムライス好きだった？」

「え？　よく分かりましたね。キッズプレートのヤツをね？　旗倒さないように、周りから上手に食べていくんですよ」

とっておきの秘密を話す少年のようなキラキラした目。メッチャ頭撫《な》でたい。

幸い、オムライス屋はそこそこ空《す》いてて、並びゼロで入れた。時刻は十三時前。正午あたりに入ったお客さんと入れ替わりになった感じだな、多分。

壁側がソファー、中央側が椅子のテーブル席に案内された。さりげなく康生が椅子に座ってアタシにソファーを譲ってくれる。これはポイント高い。けど、

「ソファー並んで座ろ？」

頭とか撫でたいし。

「え？　そんなんアリなんですか？」

「アリアリ。ほら、おいで」

隣をポンポンと叩《たた》くと、椅子からこっちに移動してくる。素直だなあ。

「わ！　なんで頭撫でるんですか？」

ちょっとビックリして、体が硬直したけど、それでも大人しく撫でられてくれる康生。

調子に乗って、そのままモチモチほっぺも撫でる。いや、マジでモチ肌だわ。

康生はアタシの手は好きにさせとくみたいで、撫でられながら構わずメニューを開いた。

「あ、これ美味《おい》しそうですね。ベーコンとマッシュルームの……」

「髪型……」

「海老《えび》クリームソースにします」

「あははは」

変わり身の早さに爆笑してしまう。しかし、アレを思い出してしまうから、キノコ全般、食べにくくなったよな。

「アタシは……そうだな。ハンバーグ乗ってるのにするか」

デートはまだまだ後半戦もあるし、スタミナつけとかんと。

タッチパネルで注文を送信。セルフの水を康生が二人分、グラスに入れて持ってきてくれた。優しみ。

ペットショップで見た犬猫の話をしてるうちに、料理が運ばれてきた。康生の海老一匹と、アタシのハンバーグ一口分を交換して、いざ実食。

「ん〜、うまうま。卵がやっぱ出来ないよね。こんな上手《うま》く」

謎に倒置法で話しちゃった。

「あ、でも。康生《こうせい》なら料理上手だし出来んのか？」

「一応、近いものは」

「おお、すげえ。牛乳入れるんだっけ」

「そうですね。僕は牛乳ですけど、生クリーム入れる人もいるみたいです。ただ一番のコツは、無理にフライパンの上で成形せずに、一旦ラップの上によけるっていうやり方ですね」

お、おお。流石。すごい具体的な実践法が出てきた。

「今度、お昼に遊ぶ時、作りますよ」

「マジ!?　やった」

来週には夏休みだし、入り浸りそうやな。材料費と手間賃はお渡ししないと。

「てか、アタシも何か作ったげるよ」

「え？　星架《せいか》さん料理できたんですか？」

「いや、大したモンは作れんけどさ。なんか康生にお世話になりっぱなしだからさぁ」

言葉にしながら、自分で反省する。完全に作ってもらうことしか頭になかったもんな。よくないよ、これは。

「ちなみに……得意料理とかは？」

「お茶漬け？」

「ふっ」

鼻で笑われた!?　見とけよ、特訓してメッチャ上達してやるからな。

★★★

食事を済ませると、僕の服を買いに行くことになった。せっかく現役モデルさんがいるんだから、アドバイスしてもらおう、と。

やっぱり見た目にも、もう少し気を遣わなきゃだよね。これから学校が夏休みに入ったら、星架さんと私服で歩くことになるんだし。その時にあまりにあまりな格好してたら、彼女にも恥をかかせてしまう。

というようなことを話すと、

「別に康生、普通だけどね。紺色のTシャツに黒のカーゴパンツ」

というお返事。

「普通すぎるというか。星架さんに合うようなファッションにした方がいいのかな、と」

「ん～、アタシも実際、康生以外の男と隣り合って歩いたことってなかったからな」

う。ナチュラルに凄《すご》いこと言われた。星架さんに男女交際の経験がないのは既に知ってるけど。不意打ち気味にこういうこと言われると、中々に脳が揺さぶられる。

「だから、アタシのファッションと合った服を男に着させるとか考えたこともないんよね。アタシとしては、無理にこっちに合わせなくても、康生が似合ってる服で問題ないと思うよ」

「そ、そうですか？」

「やっぱ着たい服を着たいように着てるのが人間、一番よ」

エスカレーターに先に乗った星架さんが、見下ろすように振り返る。

「アタシのこの格好も、正直言うと自信なかったんだけどさ、康生がメッチャ喜んでくれたから、今は着てきてよかったなって」

そう改めて言われると恥ずかしい。けどそこは、リクエストした僕は受け止めないとだよね。

「その……ホントに可愛いと思います。似合ってます」

待ち合わせの時は興奮して一気に言えたけど、普通のテンションの時に褒めるの、中々に勇気がいる。なんか手汗かいてきたし。

「うん、ありがと」

星架さんも、少しはにかんだ様子。

「じゃあまあ、康生が好きなタイプの服を重点的に見よっか。そん中でアタシがワンポイント提案するって感じで」

その後、いくつか店舗を回った結果、Tシャツのレパートリーが増えた。

あ、でもちょっと冒険して、パープルとかピンクとかも買った。僕でもなんとかなりそうな絶妙な色合いと柄のを選んでくれた星架さんは流石にセンス◎だった。


服選びも終わり、モールの通路に出て来た時のことだった。一角に人だかりが出来ている。星架さんと顔を見合わせるも、彼女の方も見当がつかない様子。

「なんですかね」

「行ってみよっか」

頷《うなず》いて返す。普段の僕なら自分から人混みに突っ込むなんてことしないけど、今日はね。

現場に到着。人だかりの構成は、どうやら子供連れの家族が多いみたいだ。親御さんたちが後ろで、子供たちが前に集まっている。その囲いの中心、三〇代くらいの男性がいた。オレンジのシャツの上に黄色いベスト、頭には黒いハット。なんというか、いかにも芸事やってる人って感じだ。

僕の予想通り、男性はどうやらバルーンアートを披露するつもりのようだ。ハンディタイプの空気入れと、まだ空気の入っていない細長くてペタンコな風船が数本、長テーブルの上に置いてあった。

「おお。バルーンアートか」

「今日、こんなイベントがあったんですね」

もしかしたらモールのホームページとかには告知が出てたのかも。

「康生は、ああいうのは出来ないん?」

「はい。ちょっと専門外ですね」

まあでも同じ手先を使った物づくりという括《くく》りにはなるし、いつか挑戦してみてもいいかも。

「みんな～。それじゃあ今から、お兄さんがこの風船を使って動物を作るから、それがなんの動物かを当ててみてね～」

中々こなれた進行だ。ベテランさんなのかもしれない。

チビッ子たちは「は～い」と元気よく返事して、お兄さんの手元に集中する。お兄さんは空気入れの先を風船の口と合わせ、シュコシュコと空気を送り込んでいく。あっという間に、風船が縦長に膨らんだ。その先っぽを取り、指で押さえたまま軽く捻《ひね》る。それだけで押さえられた所が凹《へこ》み、楕円《だえん》の形が出来上がる。なんだかソーセージみたいだ。

立て続けに同じサイズの楕円を作っていく。三つくらい出来たところで、お兄さんが手慣れた動きで捻り回し、次の瞬間には耳と顔が出来てた。子供たちが歓声をあげる。

「恐らくトイプードルですね。オーソドックスなヤツ」

「だよね。アタシも見たことあるわ」

ヒソヒソと声を潜めて話す。まだ正解が分かっていない子供たちに聞こえちゃったら、推理する楽しみを奪ってしまうからね。

「さあ、どんどん作っていくよ～」

お兄さんはその後もソツなく続け、半分くらい過ぎた辺りで、

「いぬー！」

「ワンちゃん！」

子供たちからも正解が出た。お兄さんはニッコリ笑って子供たちを褒めると、ササッと手早く残りも終わらせ、モールのタイルの上に作品を置いた。キチンと自立してる。

その後もお兄さんは見事な手際で、様々な物を作り出していく。

今はピンクのバルーンを輪っか状に繋《つな》げた物を弄《いじ》っている。真ん中辺りを押し込んで、折り目をつけるようにして、ハート型に整え……魔法少女のステッキが完成した。

「は～い、欲しい人～」

子供たちのテンション爆上がり。片手を挙げたまま跳ねるようにしてアピールしている。

お兄さんは四歳くらいの少女を選んでプレゼント。大喜びした彼女は、そのステッキを振り回し、

――ボコッ
隣の男の子を殴ってしまった。その男の子は、先に剣のバルーンアートをもらっていた子で、

――ボコッ
女の子を殴り返してしまった。

「わあ。異種武道大会が始まってしまいましたね」

「やべえ。どっちも泣きながら振り回してる」

双方の親御さんが押さえてるんだけど、ジタバタと暴れるから、剣とステッキが乱舞している。

「僕もこの宗三左文字で……」

「やめときなさい。リーチが足りなすぎて、ボコボコにされるから」

確かに。

「とりあえず地獄だし、ここは離脱するか」

「ですね」

楽しかったイベントが、子供の金切り声と親御さんの怒鳴り声が響く修羅場と化してしまった。

……子供相手のイベントは難しいね。どう収拾をつければいいのか分からず、オロオロ

してるお兄さんに心の中で合掌して、僕たちは会場を後にした。

☆☆☆

突発のイベント観覧も終わると、アタシたちはそろそろ手持ち無沙汰になってくる。

康生が喜びそうなホビーショップを見付けて、城のプラモデルとか見てもいいよ、って言ってあげたんだけど、「もう全部作ったことあるんで」と返された。流石《さすが》っす。

「四階にさ、ラウンジみたいになってる所あるから、そこ行こっか」

やることと思いつかないけど、まだ離れたくなくて。

まったり喋《しゃべ》るのなんか、放課後しょっちゅうやってるのにね。

そこでふと気付いた。そっか、世の同棲《どうせい》カップルたち、夫婦たちは、モールで一通り遊んだ後、家に帰ってイチャイチャするのか。いいなあ。デートを引き延ばさなくても、当たり前に一緒の時間が確約されてる間柄。

「四階か。レストラン街しか行ったことなかったです。そんなスペースがあるとは」

「地元なのに、あんま来ない系？」

「家族とたまに、ぐらい。星架《せいか》さんの方が詳しそうですよね」

「うん。ママと時々。あと雛乃《ひなの》、近くに住んでるからさ。あの子としょっちゅう」

小学校高学年、中学校と一緒だった友達だ。千佳《ちか》の次に付き合い長い子。高校入学と同時に親の転職で沢見川《さわみがわ》に引っ越したけど、あの子の学力じゃウチには通えなかったという事情。つか引っ越し多いよな、アタシの周り。

「ああ、日曜よく遊んでるっていう」

土曜は康生《こうせい》。日曜は雛乃と、時間が合えば千佳も交えて遊ぶことが多い。

「てか、ツイスタにちょくちょく上げてるだろ。あんま見てねえな、さては」

白い目を向けてやったけど、あはは、と愛想笑いで逃げられた。

「しかしそんだけ来てるなら、やっぱりイワンモールの習熟度では敵《かな》わないですね」

「まあでもアタシらは行くテナント限られてるからな。カプセルトイの専門店とか知らんかったわ」

そんな駄弁《だべ》りをしながら歩いてたら、四階の端まで到着。円形に寄せたソファーが数セット。うち一つはチビッ子たちに占拠されてる。何が楽しいのか、よじ登っては飛び下りて、を繰り返してるみたいだ。親たちは少し離れた場所でお喋りに夢中。

「奥、行こっか」

その喧騒《けんそう》を嫌って一番奥へ。大窓から、街が一望できた。

「おお」

康生は軽く仰《の》け反った。

「ここ、好きなんよね」

「そうなんですか？」

「街、見渡せるじゃん？　ほら、あそこ……アタシが入院してた病院」

「ああ、沢見川《さわみがわ》中央病院」

「そそ、そこの七階」

「すいません、階数まではよく」

康生が申し訳なさそうな顔をする。

「あ、大丈夫だよ。そんなんで怒ったりしないから」

「あ、そういうつもりじゃなくて……」

一瞬で変な空気になってしまう。ああ、なんで階数の話なんかしちゃったかな。

だけど、落ち込みかけたアタシの手を康生の方からキュッと握ってくれる。

「あ……」

優しさが伝わってくる。康生としては、思い出してあげられなくてゴメンって意味だけで、他意はなかったのか。アタシの方が逆に負い目から意識しすぎてたらしい。こっちこそゴメンね、ありがとう。ギュッと手を握り返す。

「……」

「……」

少し間をおいた後、

「ところで、あの病院、院長の名前すごいんですよ」

康生が少し無理したような明るい声でそんなことを言った。空気を変えてくれようとしたんだろう。

「え？　そうなん？」

アタシも気遣いに感謝しつつノッておく。

「大藪《おおやぶ》さんです」

「マジかよ!?　知ってたら入院せんかったわ！」

あははは、と笑い合う。

「でも大藪さんとこじゃなかったら、千佳とも康生とも出会えんかったって思うと……」

「それでも僕としては、子供の頃の星架さんが辛《つら》い時間が短い方がよかったかなって」

やっぱり優しい。けどさ、二人との出会いも宝物なんよ。それに千佳とは引っ越した先の横中《よこなか》で友達になれたかもしれんけど、康生とは大藪さんなしで出会えたかどうか。

どこか自分との出会いを軽視してる雰囲気を感じて、それが寂しい。離れそうな康生の手を、握り直して引き留めた。

「……アタシさ、このモール来るのが目標だったんだ」

「え？」

「ちょうど病院の窓から、このモールが建設されてるところが見えててさ。でっけえクレーンが真っ赤な鉄骨、ぶら下げて運んで、毎日ドンドン組み上がってくの」

「ああ……ちょうどそんくらいでしたか」

康生は軽く宙を見やる。まあ、地元民でも何年に何が出来たとか覚えてないわな。

「元気になったら、あのモールで遊ぶんだって。それモチベの一つにしてた」

康生は眉をハの字にして聞いてくれてる。

「まあ、結局モールが竣工《しゆんこう》する前にアタシの方が転院しちゃったんだけどね」

苦笑すると、康生も同じように笑ってくれた。

「だから、中学ん時に初めて千佳と雛乃と一緒に遊びに来た時は、すげえ感慨深かった」

「はい」

「電車乗って遠出して、昔住んでた街まで行けるようになったんだなあって」

そんくらい自由になれたんだなあ、って。

「建物って、何年、何十年とあるものだから、きっとアタシ以外にも、自分なりの思い入れがある人も沢山いるんだろうな……変わらずに在り続けるってことは、それ自体が人の心の標《しるべ》にもなり得る」

物を作るってやっぱすげえよな。

「アタシも何か作ってみようかな……」

「ビルディングをですか？」

「いや、建築は流石に。なんかこう……康生に教えてもらおうかなって」

途端に康生の目がパッと輝く。

「のぶ」

「信長《のぶなが》以外で！　てか武将以外で！」

「チャ」

「チャリエルも！」

ロクな候補がないな。なんでこんなことに。

「……だったら、アクセサリーとか作ってみますか？」

「あ、知ってる！　一〇〇均商品で作る、みたいな動画見たことあるわ。康生も出来るんだ？」

「作ったことないですけど、いっつもレジンでもっと複雑なヤツ作ってますから」

「おお、やった！　あ、でも……今でさえ色々頼んじゃってるのに、これ以上また甘えちゃったら」

またもらうことばっかり考えちゃってる。

「いいですよ、そんなの。今ね、一番楽しいのは星架さんのために作る創作物なんです」

本当に嬉《うれ》しそうな笑顔で、そんなことを言ってくるモンだから、アタシは心臓が止まりそうになった。

アタシのために作るのが一番楽しい？　あんだけ物づくり大好きな子が？　大好きの中の一番？

いける！　いけるじゃん！　こ、告白！　フラれないよ、絶対。多分。きっと。

あ、でもやっぱ友達認定してもらうのが先か。もうホントいい感じになってきてると思うんだけどなあ。

「じゃあ、夏休み入ったら、レジンアクセサリー教室ですね。その前にノブエルを仕上げてコンクール。忙しくなります」

言葉とは裏腹に、充実感を感じてるようで、顔に生気が漲《みなぎ》ってる。アタシ的にはノブエルと同等の扱いなのは引っ掛かるけど、まあ康生が楽しそうならいいか。


午後四時過ぎ。

まだ日は高いけど、そろそろ解散ということになった。外のベンチに座り、途中で買ったソフトクリームを二人して食べて、今日の名残を惜しんでいた。

「楽しかったぁ～」

「はい。服もたくさん増えましたし、よい刀とも巡り会えました」

侍みたいなこと言い出したな。

「それに……星架さんの哲学みたいなのも教えてもらえて嬉しかったです」

「なんか、哲学とか言われると恥ずいわ」

でも確かに、センチメンタルな雰囲気で語っちまった感はあるな。

「登下校とか放課後とか、よく話すけど、そんなに深い話はしないかんね」

学校であったこと、食い物の話、ゲームの話、授業の話。意外と日々の生活だけで、話題は尽きず。こういった機会でもないと、確かに心の奥の方をさらけ出すって、ないよな。

康生もいつか……事情ってヤツをアタシに話してくれんのかな。なんてまた感傷的になる前に、コーンの最後の一口を食べきった。

「……帰ろっか」

買い忘れた物もないし、やり残したこともない。明後日また遊ぶ約束もした。だけどそれでも……今日のデートが終わってしまうのが、やっぱり寂しかった。

★★★

靴の関係もあって、徒歩で来たという星架さんを後ろに乗っけて、自転車を漕《こ》ぎだした。

彼女はいつかの時と同じように、片手を僕のお腹《なか》の辺りに回して、バランスを取っていた。チラリと振り返ると、もう片っぽの手は、ワンピースの裾が広がらないように押さえてる。

女の子は大変だ。制服のスカートだって、毎度のごとく苦労すると、いつかの雑談で言ってた。長すぎたらパラシュートみたいに広がるし、短すぎると道行く男たちに見られる、とかなんとか。

そんなことを頭の隅で考えながらも、僕は今、緊張で喉がカラカラだった。

この後、僕は彼女にお願いをする予定なんだ。ベルの創作物を渡して、それをダシにってワケじゃないけど、その時に言うんだ。

僕の友達になってくださいって。

今更といえば今更だけど。それでも僕にとっては、口に出して言うのは、とても大きな意味がある。

『今まで友達だと思ってなかったのかよ』

そんな風に責められる想像をしてしまう。けど、きっとそれは現実には言われない。間違いなく、星架《せいか》さんも僕の事情を慮《おもんぱか》ってくれてる。細部まで察してるワケじゃないだろうけど、無理に友達って言葉も僕に使わないようにしてくれてる。

だから大丈夫。そんな優しい人だから、信じられる。

言おう。友達になりたい。彼女の優しさに応えないと。

やがて自転車は、マンションの正面玄関前に着いた。

「サンキュー、ここまでで。今日、ホントに楽しかった」

言葉に嘘《うそ》はないんだろうけど、どこか寂しそうに笑う星架さん。僕は歩道の端に自転車を止めて鍵をかけた。それだけで察したみたいで、彼女の顔がパッと輝く。

「寄ってく？」

「エントランスで、もう少しだけ話したいです」

僕がそう言うと、星架さんはコクコクと何度も頷《うなず》く。時々、ワンコみたいになるのが可愛《かわい》い。

星架さんがロックを解除して、中へ。幸い、マンションの住人は誰もいないようだった。三連休の初日。遊びに行ってる人たちは、まだまだ帰って来ないだろうし、巣ごもりを決意してる人たちは、既に夕飯の買い物を済ませた後、って感じで、ちょうど空白の時間帯なんだろう。

「座ろ、座ろ。あ～涼しい」

ガラステーブルを挟んで、対面同士のソファーに座る。

「……」

「……」

どう、切り出そう。まずは世間話ってのもおかしいし。デートの感想はもう散々話した。いや、もう必要なのは勇気だけだ。特別な日、こういう時しか言えないと思って、今日言おうって決めていた。でも、そのハズなのに勇気が中々湧いてこなくて、結局デート中には言えなかった。

そんな時、奇《く》しくも星架さんが先に、ちょっとシリアスな話をしてくれた。心の中のデリケートな部分を共有してくれたんだ。大抵のことはズバッと言う彼女でも、きっと話すのは照れ臭かったハズだ。それでもそこを押して、シェアしたいと思ってくれた。

いつもこの人の行動力は、一つ、僕にとっては標のようなものだ。

深呼吸を一つ挟んで、

「あの、星架さん。実は渡したい物があって」

と切り出した。僕は、今日一日ずっと提げていたカバンのチャックを開ける。中からフィギュアケースを取り出し、そっとテーブルの上に置いた。

「こ、これ!?」

星架さんの驚いた顔。瞼《まぶた》が大きく上がって、アイメイクのラメが蛍光灯の光でキラリと輝いた。

「作ってたの?」

「はい。内緒で。今日のために」

小さな自転車のベルの中に、もっと小さな自転車と、僕と星架さん。

「うわ。マジか。ノブエルばっか作ってんのかと思ってた」

あっちは今月末の締め切りには余裕で間に合う。だからこっちを優先した。デートに間に合わせたかったんだ。弱虫の僕は、こういうプレゼントでもないと言い出せないと思ったから。

「……星架さん。僕が前にここで言ったこと覚えてますか？」

「えっと」

「また会えてよかったって」

「あ、うん。覚えてるよ……嬉しかったから」

星架さんと気まずくなって、僕が追いかけて来た日のことだ。自分でも、よく勇気出して家まで凸ったもんだなって、後になって他人事《ひとごと》みたいに感心したけど。多分あの時にはもう星架さんと友達になりたいって心の奥底では思ってたんだろうな。セイちゃんのことは頭では忘れてたけど、それでも本能的に分かってたんだ。義理堅くて情の深い子だって。

「……星架さんには災難だったかもしれませんけど、この自転車の故障があったからこそ、また会えたんですよね」

その場面を模したミニチュア。星架さんがケースを両手で包むようにして中を覗《のぞ》いた。

「それから二ヶ月以上、毎日のように話して、遊んで。学校行くのが楽しみになりました。物づくりだって前以上にやりがいを感じるようになって……全部、星架さんのおかげです」

心底から思う。本当にまた会えてよかった。だから。

「僕と……僕と友達になって下さい」

ずっと言いたくて、けど言えなかった言葉を……ついに言えた。

☆☆☆

やっと。やっとだ。長かった。いやまあ再会してから二ヶ月程度だから、世間一般で言えば、長かったって程ではないんだけど。アタシの焦がれ具合と、二ヶ月ながら毎日のように一緒に過ごしてきた時間の濃度を考えたらさ。長かったんよ。

アタシはテーブルの下でグッと拳を握って喜びを噛《か》み締めながら、

「うん。アタシも康生《こうせい》の友達になりたい。てかアタシはもうとっくにアンタのこと、友達、しかも超仲良しの友達だと思ってたけどね」

努めて明るく言った。彼が気にしすぎないように。けど、嬉しさで軽く声が震えちゃった。

「星架さん……」

康生にもバレちゃったみたいで、そっと対面のソファーを立って、アタシの隣に座ってくる。どちらからともなく、手を繋《つな》いだ。

「僕……嫌がらせとかで認められなかったワケじゃなくて……ちょっと、その」

アタシは首を横に振って、続きを遮った。

「大丈夫。無理に聞いたりしないから。友達だからなんでも話さなきゃいけないワケじゃないし。康生が話したいって思った時でいいよ」

辛《つら》そうな顔を見て、そっちはまだかなって悟った。いや、きっといつ話しても辛いような事情なんだとは思うけど。

「星架さん……ありがとうございます」

何より今はもう、関係が一歩進んだってだけで、嬉しくて飛び跳ねそうで、とても追加の情報を処理しきれる状態じゃなかった。春《はる》さんには「今のままでも幸せ」って言ったけど、実際にこうして進んだという確かな実感があると、胸がいっぱいになってる。やっぱ心の奥底では不安だったんだろうな。

そしてそんなアタシの安堵《あんど》と今までの不安を敏感に感じ取ったんだろう。康生は、

「あの！　時間がかかったぶん、大事にします！　唯一の友達だし、出来る限りのことはして、使える時間は全部使います！」

少し焦ったように言い募る。

ああ、やっぱり。親友レベルだ。てかこれだけ優しくて誠実な子の親友とか、そこらの男のカノジョより大切にしてくれそうだ。

……だというのに、アタシはまだ満足してなかった。ここまで来たんなら、もう一歩。

「うん、ありがとう。これからは大親友ね」

「はい！」

康生も安心したような笑顔を浮かべた。だけどゴメンね。アタシ、友達で終わる気ないから。

「じゃあ僕はこの辺で……今日は、本当に楽しかったです。友達にしてもらえたのも……嬉《うれ》しかったです」

大きな安堵と疲労が感じられる声。彼にしても、とても勇気がいることだったのは想像に難くない。

「また誘ってください……僕からも誘います」

そう言って、スッと立ち上がった康生。アタシもそれを追いかけるように立ち上がって。

「ねえ、康生」

「はい？」

「ほっぺた。さっき食べたアイスついてる」

「え？　ウソ!?　と、取ってください」

少しかがんでアタシによく見せようと頬を近づけた、そこを見計らって、アタシはグッと背伸びした。

――チュッ
と、静かなエントランスホールに小さな水音が鳴る。唇には康生のモチッとした肌の感触。

すぐに踵《かかと》を下ろして、遠ざかる。康生の驚いた顔。アタシの唇が触れた辺りにそっと手を当てて、目を見開いてる。

「ウソだよ、バーカ！　待たされたお返し！」

アタシはテーブルの上のフィギュアケースとバッグを摑《つか》んで逃げる。エレベーター前に繋がる自動扉がウィンと開いた。そこで少しだけ「バカ」は言い過ぎたかと思って振り返る。康生はまださっきの顔と仕草のまま固まってた。少し可笑《おか》しい。可笑しくて愛《いと》おしい。

「また明後日《あさって》ね」

と早口で挨拶して、エレベーターに逃げ込んだ。ちょうど一階にいてくれてラッキーだった。

カゴの中で深呼吸。ヤバい。マジで心臓が暴れ狂ってる。康生と再会してから、酷使しすぎだな。止まんないでよ、マジで。やっと次のステージに進めたんだから、いま止まったら死んでも死に切れんわ。

「やった」

やってしまった。やってやった。

どちらとも取れる言葉が口から出てきた。多分その両方が感情としてあるんだろう。親友になれたけど、友達のままズルズルいって女として意識されないかもって心配があって、キスした。楔《くさび》を打ったというか。

そしてこれで本当に退路は断たれた。ぬるま湯から飛び出してしまった。あとはハッピーエンドか、フラれるか。

「大丈夫、絶対脈あるし」

異性の親友なんて、もうほとんど恋人みたいなモンだし。さっきキスした時も、嫌がられなかったし。まあ放心してたって感じだけど。大丈夫、大丈夫。

「てか、キスしちゃったんだよな」

改めて言葉にすると、顔がみるみる熱くなる。蒸し暑いカゴの中で、その湿度に康生のモチモチほっぺの感触を思い出して……アタシはつい唇を軽く舐《な》める。モールのトイレで、わざと色移りしやすいルージュを塗ったから、たぶん康生の頬にも薄くついてるだろうな。

「もう動物のマーキングじゃん」

アタシってヤンデレ気質あるかも、とか思ってたけど。かもじゃなくて確定だわ。でも不思議と、そんな自分も嫌じゃなかった。

★★★

いつの間にか自転車に乗って家に帰ってきていた。一回だけ信号待ちしたのは朧気《おぼろげ》に覚えてるんだけど、他はもう、どう漕《こ》いできたのか。ずっと頬が熱くて、脳も熱暴走してるみたいだった。

——キス、された。

本人は待たされた仕返しみたいなこと言ってたけど、流石《さすが》に無理がある。仕返しなら頬に飛んでくるのは唇じゃなくてビンタのハズ。というか、きっとアレは照れ隠しだ。

彼女自身も照れるようなことと認識したうえで、やったんだ。友達にする親愛のキス？

でも流石に洞口《どうぐち》さんにもしてるの見たことないから、その線も薄そう。じゃあやっぱり、そういうこと……なんだよね。少しずつ、そうじゃないかなって思い始めてたところに、トドメのキス。これで勘違いだったたなんてオチ、ないよね？

「夏なのに、春が来た」

「こら、姉を呼び捨てにするな」

すぐ近くから声がして僕はその場で跳び上がった。ホラー映画の視覚演出でも喰《く》らったみたいに、心臓がバクバクしてる。

「ははは。何やってんの、弟よ。お姉ちゃんが家に入れんでしょ」

そうか。僕が玄関の前で黄昏《たそが》れてるから、姉さんが入れなかったのか。コンビニにでも行ってたのか、ラフな格好で立ってる。

「デートはどうだった……って!?」

「え?」

なんか僕の顔を正面から見て、メッチャ驚いてる。

「そっかあ、大成功かあ。よかったね。カノジョ持ち!」

「え?　え?」

「なんだ、気付いてないの?　家入って鏡見てみ?」

そう言って僕の背中に手を当て、家の中に押し込んでいく姉さん。僕はされるがまま入って、靴箱の上の壁にかかった鏡を見た。右の頬に赤い口紅が薄くついていた。

「あ……」

感触も残ってるし、疑ってたワケじゃないけど、何よりの動かぬ証拠を見せられて。改めて、あれは現実のことなんだと突きつけられた。

なんかもう、叫びだしそうだった。

ようやっと正式に友達になれて、それだけで感情のキャパが限界寸前だったのに、更にそれ以上の感情を巻き起こされたんだ。処理しきれないそれらが、口から飛び出したがってる。

「う、うわぁぁぁ」

姉さんが見ている恥ずかしさのせいで、強い叫び声は上げられず、さりとて胸の内だけに留《とど》めおくことも出来ず、実に中途半端な叫び未満の呻《うめ》き声《ごえ》が口から漏れ出た。

「いや、どういう感情だよ」

僕にも分かるもんか。

「ちょ、ちょっと走ってくる！」

「ええ？　もう夕飯だよ!?」

「すぐ戻るから！」

返事も待たず、走り出す。どこを目指してるのか自分でも分からない。そもそもなんで走ってるのかも分からない。なのに足を止められなかった。

だけど所詮は僕。アドレナリンが出ていてなお、スタミナの壁は高く、すぐにペースダウン。息を切らしながら、三〇〇メートルくらい先の児童公園に駆け込んだところで、足が止まった。

「はあ、はあ。キス、され、た。ほっぺ、に」

言葉も切れ切れなのに、言わずにはおけなかった。右頬に軽く触れる。彼女の唇と自分の指先では、月とすっぽん。感触なんて全く違うのに、自然とあの場面をリフレインした。

『よかったね。カノジョ持ち！』

姉さんの言葉も脳内で甦《よみがえ》る。

カノジョ。まだだけど、これからそうなっていくのかな。本当に淡い、友達の少し上くらいの気持ちは持たれてるのかなと今日までは思ってたけど。まさかこんなに積極的なアプローチをされるなんて。

星架《せいか》さん自身の例え話を引用させてもらうなら、願書も出してないのに、有名国立大学の方が、逆指名で入学しないかと言ってくるような。

「……そんな旨《うま》い話」

あるのかなあ。冷静になったら、なんだか有り得ない気もしてきた。でも星架さんが僕を弄ぶなんて、やっぱりとてもじゃないけど考えられないし。

「弄ぶワケじゃないけど、仕返しで困らせてみたって線は？」

照れ隠しじゃなくて、イタズラ。意外とお茶目な人だし……いや、やっぱ苦しい。軽い子ならまだしも、自分の方があんな真っ赤になっちゃうような子が、そんな類のイタズラは選ばないと思う。じゃあやっぱり彼女の気持ちは淡いものじゃなくて、本当に僕をパートナーに選んでくれようとしてる？

そもそも僕は、どうなんだろう。また友達が出来たってだけで嬉しいけど。星架さんとの関係は友達でいいのか、それともなれるのなら恋人になりたいのか。

「もっとよく考えなくちゃ」

友達の好きと異性の好き。今まで考えたこともなかった。というか、こんなに親しくなった女の子なんて初めてだから、当たり前なんだけど。

……なんにせよ、すぐに答えが出るような話じゃないよね。

「はあ～」

とりあえず。今日はもう家に帰ろう。

公園のヒグラシたちの大合唱に急《せ》かされるように、僕は来た道を引き返すのだった。

〈2〉

☆☆☆

デートの明くる日の日曜日、アタシは自室で燃え尽きていた。ちなみに今日は久しぶりにパパと会って食事する予定だったけど、急に仕事が入ったみたいで、ドタキャン。いつもだったら「なら沓澤《くつざわ》製作所に行くべ」ってな感じだけど……今日は無理。あれ思い出しただけで、ベッドの上もんどり打って、汗だくになって。それで燃え尽きてるんだし。

「あん時はさあ、アレが正解だと思ったんよ」

実際、冷静に考えられてるつもりだったし、その中で導き出した答えがアレ。けどやっぱ一晩経《た》つとさ、思うワケ。欲張りすぎたよなあって。康生《こうせい》がせっかく勇気出して友達だって明言してくれたんだから、昨日はそこで満足しとけよって。

表面上は思考してるつもりでも、もっと触れたいって感情に支配されてたんだろうな。

だって大事にするとか言われたら。康生からしたら、友達を大事にするって意味なのは分かってんだけどさ。片想《かたおも》い中の女子に言ったら、そりゃ気持ち溢《あふ》れ出すって。

軽く溜息《ためいき》をついて、康生ぬいを抱き締める。つか、前にこの子の頬にキスしたの、やっぱ本体と現実になったな。まあアタシがしたんだけどね。まごうことなく自分の意思で。

「ほっぺた、本物は柔らかかったな」

ぬいのモフモフもいいけど、アタシはやっぱり……いつでもあのモチ肌の頬を触ったりチュッてしたり出来る関係になりたい。

じゃあそのためにはやっぱり「友達だけじゃ嫌だよ、女としても見てね」って意思表示は必要で。そうなると、昨日のアレも勇み足とは言い切れないのか？　いや昨日は康生があっぷあっぷだったろうから、日を改めてアプローチの方がよかったでしょって話で。

「ああもう。堂々巡りになってる」

間接キスとかは普通にしてんだからさ、ほっぺにチューもその延長みたいなモンだって開き直っちゃえば。あ、でもそれだと友達キスみたいか。

誰か正解を教えて。

「難しいよ、もー」

とか思った、丁度そのタイミングで携帯が鳴る。レインを開くと、パパからだった。

『一ページ分空《あ》いてるそうだから、ブッキングしておいた。午後から横中《よこなか》のスタジオで撮ってきなさい』

いいって。やめてって言っておいたのに。

『ありがとう。でもいつも言ってるけど、そういうのは、ちょっと』

お礼と、もう一度の釘刺《くぎさ》し。けど返事は大概わかってる。相容《あいい》れない内容だろう。案の定、すぐに返ってきた文面は以下の通り。

『こちらも何度も言うけど、本気でやるなら、なんでも利用するくらいの気持ちでいなさい』

はあ、と大きな溜息が出る。正論すぎて何も言い返せない。芸能の世界は甘くない。アタシみたいな少しだけ関わってるような人間ですら、周りを見ててそう思う。ましてやパパみたいな、その道のエキスパートは、もっとえげつない部分も知ってるんだろう。

「本気でやるなら、か」

多分、そこも見透かされてる。生まれつきの容姿と親のコネ。アタシ自身が努力したのはメイクやファッションのみ。でもそんなん、この業界にいる人は誰でもやってること。努力して努力して芽が出なくて夢を諦めた人も星の数ほどいる。その人たちに比べてアタシは……

何を利用してでも、誰を蹴落としてでも。そんな覚悟を持ってるか？　本気でやる気があるのか？　パパはそう問いかけてるんだよね。

「中途半端」

宮坂《みやさか》のこととか言えないんよ、本来。

アタシはつい、昨日もらったミニチュアを眺める。これ凄《すご》いんだよね。服の皺《しわ》とかまでメッチャ自然で、ルーペ当てて見たりすると、本当に細かい所まで作り込んでるのが分かる。なんも予備知識ない状態で見ても分かるよね。これ作った人、物づくりが大好きなんだろうなって。

ケースを横にする。すると当然、アタシと康生の横顔が見える。真剣な表情で自転車を直す康生。ただそれを見てるアタシ。なんかアタシだけアホみたい。でもこれでも脚色だからね。本来はアタシこの時、スマホでムービー撮ってたし。それは流石《さすが》に情緒がなかろうという配慮だと思うけど、それで事実改変してくれても、これだから。

「まんまアタシと康生だなあ」

そういう意味では凄い再現度と言える。もちろん、康生はそんな嫌味を含んで作ったワケじゃないけど。全力で好きなことに取り組んで努力して、そうして得た技術を誰かのために使える人。一方で、やりたいこともハッキリせず、他人の努力の成果に感心するだけの人。

「はあ」

もう一度溜息を吐《つ》く。

『行ってきます』

パパにレインの返事をして、アタシは出かける準備を始めた。

電車を乗り継ぎ、横中《よこなか》へ。駅から数分の好立地のスタジオに到着。ちなみに読モなのに平然とプロに撮ってもらえるのもコネの力だ。嫌がっておきながら、恩恵には与《あずか》ってる。ホント、中途半端。

まあここまで来ておいてヘラってても仕方ない。気持ちを切り替えてエレベーターに乗った。

「おはようございま〜す」

スタジオに入って、少し大きめの声で挨拶。編集作業中だった何人かがＰＣの画面から顔を上げて、こちらに手を振ってくれた。

「星架ちゃん、今日も夏コーデね」

現役ＪＫの夏コーデって枠で、アタシ以外にも二人ほど声かけてるらしい。その子たちと見開きを分け合うとのこと。刊行時期は晩夏になるんだけど、今年は暑いしね。まだ夏服の出番があるだろうってことで、そうなったらしい。本職のモデルさんたちが前の方のページで秋の先取り特集をやってるからってのもあるのかな。ファッション誌も色々と考えることが多くて大変だ。

控室で、指定のコーデに着替える。透けの多いシアー素材のティアードスカートに淡いピンクの半袖ブラウス。うわ、フェミニン系か、今日。合わせて掛けるスマホポーチも、丸っこくて可愛《かわい》い。

着替え終わると、ほどなくして撮影が始まった。アタシを撮るのはいつもの女性カメラマンさん。つかここのスタッフはほとんど女性なんだけど。

「笑顔でいこうか」

表情指定。まあこういう可愛い系だとね。澄ました表情は得意なんだけどなあ……可愛い系かあ。

『すごく、すごく可愛いです』

不意に康生の言葉が脳内に再生される。デートの待ち合わせの時に、いの一番に言ってくれた、あのセリフ。飾り気なんて何もない。

「ふふ」

女の子褒める語彙、全然ねえの。なのにメッチャ嬉《うれ》しかった。ていうかあんな純朴な人だから好きになったんだし。

「へえ」

なんか感心されてるような声がどこかから聞こえた気がするけど、アタシは余所事《よそごと》、つか康生のことばかり考えてしまっていた。

着替えて二着目。まさかの白ワンピ。フリルと小さなリボンまである。またゴリゴリやな。これも康生に見せたら可愛いって言ってくれるかな。

ついデートの時の彼の服装まで思い出してしまう。紺色無地のTシャツに黒のカーゴパンツ。二〇年前にも親しまれてたような、二〇年後も誰かが着てるような。不変で普遍なベーシックカジュアル。建物みたいな。

それに比べてこの業界の浮き沈みよね。今年の流行《はや》りも来年には型落ち、二〇年後には変な服だね。

時々やめてしまいたくなる。手間はかかるし、流行に振り回されてる自分が矮小《わいしょう》に感じられたりするし、そのクセ寿命が短いコーデたちにお金はかかるし。康生には偉そうに「着たい服着るのが一番」なんて言っときながら、本当にアタシは着たい服を着たいように着れてるんだろうか。

アタシも康生みたいに、飾らずに過ごしてみたい。Tシャツとジーンズばっかりのアタシを見て、でも康生は全然気にせずに一緒にいてくれて、ノブノブ言ってる気がするな。

なんか無性に会いたくなってきた。

朝はどういう顔して会えばいいか分かんないから、今日は無理とか自分で思ってたクセに。夕方には撤回かよ。こんなんばっか。あのキスだって性急だったと思いながらも、次の瞬間には感触を思い出して嬉しくなってたり。頭の中がもう、グチャグチャだ。そしていま会ったら、もっとグチャグチャになるに決まってんのに。それなのに。

——会いたいな。

アタシ、曲がりなりにもほっぺにキスしたんだよ。そんな相手とこんな離れた場所で、全然関係ないことして……なんだかひどく場違いな気さえしてくる。誰か他の、チャンスを待っている子に。そんな失礼なことまで考えそうになる。

「はい、オッケー。お疲れ様～」

オッケーが入り、カメラさんも編集の人たちも笑顔で労《ねぎら》ってくれる。だけどアタシは思わず目を逸《そ》らしてしまう。今日は酷《ひど》かった。心を沢見川《さわみがわ》に置いてきたまんまだ。とても撮影に臨む資格はなかった。

「すいませ」

「いやあ、よかったよ！　星架《せいか》ちゃん！」

「ほえ？」

何を言ってるんだ、編集さんは。

「メッチャ表情がセクシーっていうか、なんかもう女優みたいだったよ」

「そうそう。最初は夏の少女らしく元気な感じでいこうと思ってたけど、全然別のベクトルでやべえのが出てきたっていうか」

女だらけの職場らしく、みんなノリだしたら、同調力はすごい。

「なんか片想いの相手が目の前にいるんじゃないかってレベルで」

「……っ」

そのうちの一人がニアピン。目の前にいない片想いの相手に焦がれていた、が正解だ。

「でもどうします？　やっぱコンセプト違いではありますよね」

「う〜ん、でも使わんのは勿体無《もったいな》いレベルよね」

「他の子たちが笑顔だから、一人だけ切なげなのもアリっちゃアリじゃない？　逆に」

「楽しかった夏を惜しむみたいな？」

みんなノリよすぎだろ。てか、そんな学生みたいなノリで編集していいのか。とか思うんだけど、ティーンや二〇代がメインターゲットな本誌は、意外とこれでウケてたりするんだよね。「作ってる方が楽しんでないと」なんて、いつか編集長が言ってたけど、それが真理なんだろうな。

結局、撮り直しはナシ。本日の撮影は終了となった。

★★★

パパに会うと言ってた星架さんのツイスタを確認すると、午前中にまさかのドタキャンをされたと呟《つぶや》いていた。そこから急遽《きゅうきょ》、モデルの撮影が入ったらしく今は横中《よこなか》のスタジオへ行ってるみたい。

お父さん、たまにしか会えないと、いつかの雑談の中で言ってた。引っ越してきた事情とも恐らく関係があるんだろうけど、未《いま》だ踏み込んではない。友達だからって、なんでも話さなきゃいけないワケじゃない。星架さんがそう言ってくれたのと同じで、僕も自分から聞いたりして急《せ》かしたくはないんだ。

工場《こうば》の壁掛け時計を見る。午後の七時前。少し暗くなり始めてる頃か。

ウチの両親は、この三連休を利用して温泉旅行中。姉さんも友達と夕飯を食べて帰ってくるとのことで、家には僕一人だった。なもんで、のびのび作業できると思い、三件くらい溜《た》まってた創作家具の依頼を片付けた。幅一〇センチの棚とか、一般の店には置いてないもんな。

「お腹《なか》すいた」

労働の後だし、ちょっと贅沢《ぜいたく》な夜ご飯にしようかな。牛丼にキムチ乗せちゃおう。

……星架さんもそろそろ沢見川《さわみがわ》に戻ってきてるかな。遅いし、迎えに行ったりしたら……キモいかな？　ストーカーみたいで。

というか、会ってもあのキスの件をどうしていいか、ちょっと答えが見つかってない状態だし。

「普通にご飯だけ食べて帰ってこようか」

結局ヘタレた僕は、自転車で駅前の牛丼屋へ繰り出した。

みんなの嘱託《しょくたく》でありたい、を標榜《ひょうぼう》する牛丼屋さんで、一人飯。積極的な再雇用で社会貢献を目指してるだけあって、店員さんはおじいちゃんとおばあちゃんの嘱託社員ばっかりだ。

キムチ牛丼に紅生姜《べにしょうが》を乗せていいのか、未だに迷う思春期。まあ、いっか。乗せちゃおう。色が毒々しくなっても美味《おい》しいもんね。普段は母さんや姉さんに怒られる犬食いでガツガツとかき込んでしまう。一〇分くらいで完食。

「ごちそうさまでした」

「ありがとうございます。またお願いします」

おじいちゃん店員の笑顔はハツラツとしていた。

店を出ると、途端にムワッとした熱気が体にまとわりつく。すっかり夏の空気の匂いがして……その中に馴染《なじ》みのある香水の匂いが混じる。アレ？　この香り。

「康生《こうせい》？」

振り返ると、車のヘッドライトに照らされる銀髪と、整った顔立ち。会いたいような、会うと困ってしまうような相手。

「星架さん」

「星架、友達か？」

第三者の声に気付いて、星架さんの更に後ろを見ると、黒塗りの高級車がロータリーに止まっていた。運転席の窓が開いていて、そこから男性が顔を出している。端正な容姿に、車体の色と同化するような漆黒のスーツがキマッている。年齢は三〇代くらいか。

一瞬で色んな想像が駆け巡る。この人、アタシのカレシなの、なんて言われたら。若さ以外は敵《かな》う気がしない。イケメンだし、お金持ってそうだし。大人だから色んな遊ぶ場所とか知ってそうだし。

というか僕にしたキスはなんだったんだ。本当にただのイタズラだったのか。僕の独り相撲だったのか。悲しみが胸に芽生えかけた時、

「パパ。この子が前に言ってた康生だよ」

星架さんはそう言って半身ズレて僕とイケメンが顔を合わせられるようにした。

パパ……パパ!?

「ああ、本当にいたのか。っと失礼。娘がお世話になってます。星架の父の溝口誠秀《みぞぐちせいしゅう》です」

「は、は、はい。僕の方こそお世話になってます！　沓澤《くつざわ》康生です！　一六歳です！」

「いや、歳《とし》は……娘のクラスメイトと聞いてるので」

「一六歳です!?　あは、あははははは」

しまった。やらかした。手汗がびっしょりで、立《た》ち眩《くら》みでも起こしたみたいに気が遠くなる。フォローに回って欲しい星架さんは、超絶ツボに入ったみたいで、体がくの字に曲がってる。

あ、あ、えっと。何か言わないと。失礼のないように。えっと、何を言えば。

「そう畏《かしこ》まらないで。聞けば娘が入院してた頃に、心の支えになってくれていたそうで」

「あ、いえ。そんな」

「パパ。本当だったんだから、この件に関してはママに謝ってあげて欲しい」

「……考えておくよ」

「パパ……」

ん？　なんか僕とは関係あるようでなさそうな話？

「失礼……少しだけ時間が取れたから送って来ただけで。私はそろそろ戻らないと。沓澤クン、娘とこれからも仲良くしてあげて欲しい。親の欲目かもしれないが、こう見えて情が深くて律義なタイプだ。悪いようにはならないハズだよ」

「はい、知ってます」

僕が即答すると、意外だったのか誠秀さんは目を丸くして、そして笑った。そうすると、目元が星架さんソックリだった。

「そうか、知ってるか。ありがとう。今度、私の時間がある時に三人で食事でもしよう」

誠秀さんは優しく僕に笑いかけて別れの挨拶とし、車を発進させた。

見えなくなるまで見送った後、一拍おいて。

「待ってて、スターブリッジ号《ごう》取ってくるから。一緒に帰ろ」

そう言って星架さんは小走りで駅近くの市営駐輪場へ。程なくして銀の車体を引き連れて戻ってきた。僕も牛丼屋の傍《そば》に止めていた自転車を押して、合流。人通りの邪魔にならないように駅の周辺は乗って抜けて、人が少なくなった辺りで、押して歩き始めた。

「ごめんね。いきなりパパと対面とかビックリしたっしょ？」

「はい。ていうか正直、お父さんだと思わなかったです。おいくつなんですか？　メチャクチャ若く見えましたけど」

「四六だよ」

「うわ、すごい。完全に三〇代だと思いました」

年上のカレシと勘違いして、視界がグニャってなりかけたし。

「それパパに言っとくよ。多分すげえ喜ぶわ」

男性でも外見に気を遣ってる人は若く見られると嬉《うれ》しいものなのか。あるいは僕も年取ると分かる心理なのかな。

「……」

「……」

少し会話が途切れた。ジーッという地虫の鳴き声が途端にうるさく感じられる。やっぱ東側は寂れてるよね。虫も多い。

「ね」

「はい？」

「もしかして……迎えに来てくれた？」

「……牛丼食べに来ただけです」

「ウソ。竹屋より染井屋の方が近いっしょ」

確かに駅前のロータリー脇の竹屋より、東側にある同業他社の染井屋の方が家から近い。

「今日は、あの激熱の味噌汁《みそしる》が飲みたい気分だったんです」

「猫舌のクセに？」

「……」

色んなことを話して、積み重ねた時間が仇《あだ》となる。

「店出た後も、チャリの方に行かずに、なんか立ち止まってたよね？」

「……」

「康生？」

「……心配になって。今日、ちょっと暗いし」

ついに言わされた。正直に言うとストーカーみたいで嫌だったのに。

「そっか。そっか、そっか」

星架《せいか》さんは、街灯の明かりに照らされる横顔を見る限り、気持ち悪がってはいないみたいだ。むしろ嬉しそうに笑ってる。僕の視線に気付くと、はにかんで、唇を口の中に隠すみたいに軽く噛《か》み入れた。だけどすぐ顔を上げて。

「ね。もう一回、ほっぺにキスしていい？」

「え⁉　い、いやいや。昨日のすら消化しきれてないのに！」

顔が一瞬で沸騰した。手に変な汗をかいてる。

「だって嬉しかったし。本当に大事にしてくれるんだ？」

「それは、はい」

「ただの友達なのに？」

「ただの、じゃないです。唯一の、です」

「……ちょっと求めてた答えとは違うけど、まあいいや」

どんな答えが正解だったんだろう。友達以上に想《おも》ってます、なんて言う勇気はないよ。まだ答えが出ていない状態で言うべきでもないだろうし。

「今日さ。撮影があったんだ」

「はい。ツイスタ見ました」

「お、たまにはチェックしてくれてるんやね」

今日はどうしても気になって。星架さんの家族が少し複雑な状況なのは、キチンとは聞いてないけど端々から察せるし、そんな中で会食とか聞くとさ。

「今日のは……パパのコネで入れてもらった枠だった」

「コネ」

「パパ、超でかい芸能事務所のお偉いさんなんだよ。お偉いさんっていうか、次期社長とか言われてるらしい」

「うわ。凄《すご》い」

事務所の名前を教えてくれる。芸能界なんて全く興味のない僕でも知ってるくらいの大手だった。

「小さなファッション雑誌なんか相手にもならないくらい」

「……」

僕は無言で、近くの公園を指さした。おあつらえ向きというか、昨日僕が駆け込んだあの公園だ。謎に縁がある。

星架さんは素直に従って、公園に入る。僕も後から続き、ベンチの脇に自転車を止め、すぐ傍の自販機で紅茶とジュースを買った。

「サンキュ」

財布を出そうとするので、苦笑して手を横に振った。もう一度お礼を言ってからプルトップを開ける星架さん。一口、二口飲んでから、ポツンと言った。

「パパの口利きで入った仕事の時は、いつも居場所がないような気がするんだよね」

「現場で?」

「うん。現場もだけど、なんて言ったらいいんだろう……人生に?」

自分の力で自分の人生を切り拓《ひら》いてない。そういうことなんだと思う。

一番最初のモールデートの日、モデルの仕事にイマイチ誇りを持ててない様子を感じ取ったけど、裏にこんな事情があったのか。なんとなく生まれ持ったものでやってる。あの時は容姿のことしか明かしてくれなかったけど、身内のコネクションも心中では指してたんだ。

「でも今日は、康生の超フツーの服とか思い出して、ノブノブ言ってるとこ想像してたら、なんか終わってた」

「なんですか、それ」

ノブノブって。まあ言ってるけど。

「自分でもよく分かんね。けどなんか会いたくなって、そしたら駅まで迎えに来てくれてて、なんか……」

そこまで言って、続きが言語化できないもどかしさからか、ジュースを一気にあおった星架さん。

「ね。明日、すっぴんとジャージとかでもいい？」

「え？　いいですよ、もちろん。星架さんが着たい服を着たら」

別に星架さんの中身が変わるワケでもなし。

「……ぷ。あはははは。そっか、そうだよな。あはははは」

何が可笑《おか》しいのか、星架さんは夜空を見上げて笑って、

「おら！」

と空になったジュース缶をゴミ箱に向かって投げた。コーンと大きな音がして、網カゴの縁《ふち》にディフェンスされた缶が宙を舞った。

「あはは、だっせえ」

自分で外しといて、また笑っていた。

☆☆☆

あの後、帰りながらポツポツと我が家の事情を話した。

現在、夫婦は別居中であること。パパもママも想い合ってないワケじゃないけど、意固地になってしまってること。パパは敏腕で鳴らすエリートだし、ママもママであんな調子だし。お互い我を曲げない。ちなみに「あんな調子」って言っただけで康生《こうせい》にも通じてし

まったのは草だったんだけどね。

多分、いや確実に、康生はある程度は察してたみたいで、打ち明けても驚いた様子はなくて、ただ気遣わしげにアタシを見るだけだった。

パパとママの最初にして最大の不和の原因はアタシだった。パパはアタシの病気を知るや、色々と調べてくれて、評判のいい横中《よこなか》の病院に診せようとしたんだけど、ママが慣れ親しんだ地元の病院の方がいいと言って聞かなかった。それでパパが折れたんだ。

だけど、結果は知っての通り、横中《よこなか》の病院の方が正解。ここでママが殊勝な態度だったらまた違ったんだろうけど……

パパとしては、そこがずっと引っ掛かってたんだろうな。その火種はアタシの進学を機に爆発した。いくつか候補があった中で、アタシが沢見川《さわみがわ》の方を考えてるって知ると、パパはママが自分の地元愛から、アタシの進路に口出ししたと思ったみたいで。そんなに沢《さわ》見川《みがわ》がいいなら勝手にしろ、ってな具合で。

雛乃《ひなの》の引っ越し先、千佳《ちか》とアタシの学力&通学可能距離とか諸々《もろもろ》考えて、あわよくばコウちゃんと会えるかもって欲もあって。総合的にアタシ自身が判断したことなんだけどなあ。

だけど何度そう説明しても、一度抱《いだ》いてしまった疑心は深くて。口には出さなかったけど、自分は会ったことがないコウちゃんという存在自体、疑ってたっぽい。

そんなワケで結局、横中《よこなか》から通学するつもりだったのが、アタシとママだけ沢見川《さわみがわ》に急遽《きゅうきょ》、引っ越すことになったんだ。これにて別居生活の完成。

そこまで話すと、康生の方が泣きそうな顔になってたっけ。「病気だけでも辛《つら》かったハズなのに」って小さく言ってて。ああ、アタシの立場になって想ってくれたんだなって。それで凄く救われた。

正直に言うと、子供の立場からすると辛いんよな。どうしたってアタシのせいでって思っちゃうし。多分そこら辺、正しく汲《く》んでくれたんだと思う。

ここまで深く話したのは千佳、雛乃の幼馴染《おさななじみ》組を除いたら初めてだったけど……話してよかったたって心底思う。

「唯一の友達とかいう破壊力よな」

来て欲しい時に駆けつけてくれて、アタシのこと凄くよく考えてくれて。共感してくれて。

これが例えば、康生に他の友達がいて、今晩その人とご飯食べてたとしたら？　アタシのこと気にしてくれてても、友達ほったらかして待ってるとか出来ないよね。でもそんな仮定が成立しない。いつでもアタシが一番で他の選択肢がない状態。

そんなんアリかよって感じだよね。友達を沢山作りなさいとかいう一般的な幸福論なんかガン無視してしまってる。

「康生の一番、康生の唯一」

ああ、アタシ、やっぱ確実にヤンデレ気質持ってるわ。こんな不健全な形で独占欲が満たされて、嬉《うれ》しさで足ジタバタさせてるし。ベッドシーツとかグシャグシャになってるし。

「けどその分、アタシも康生のこと見てあげて、考えてあげなくちゃだよね」

……なんかさ、本当に友達が多いのが幸せで、少ないと不健全なのか？って思っちゃうよね。だって大切な人が出来たら、そんなに沢山、浅い関係の友達なんか作れなくない？

康生が、千佳が、雛乃が苦しんでたら、クラスで二、三回話したことある程度の相手との約束があっても、ドタキャンして駆けつけるだろうし。

人が他人のために割ける時間なんて有限で、僅少だ。そんな中で誰もにいい顔して、誰にも時間を割けない人は表面上の友達が多くても、本当に幸せなのかなって。

アタシはとりあえず、いま両手に抱えてるだけで精一杯。

と、そこでスマホが震えた。康生からのレインだ。

『明日、公民館で卓球やるみたいです。僕たちも行ってみませんか？』

卓球？　いきなりどうした？

『お揃《そろ》いのアジダスのジャージでチーム組みましょう！』

ああ、そういうことか。いつか雑談してる時、偶然にも二人全く同じジャージを持ってることが判明したことがあったんだけど、それをユニフォームにしようと言ってるワケだ。

つまり、明日はジャージで遊ぼう、飾らなくていいよと、気遣ってくれてるってこと。

「ふふ」

心の中に温かな風が吹いたみたい。帰ってからも、まだ気遣ってくれてる。アタシだけ見てくれてる。唯一で一番。やっぱヤバいわこれ。


七月の祝日、海の日なのに屋内の公民館に集いし暇人が二〇余名。ほとんどがお年寄り。学童保育か何かなのか、チビッ子たちも多少はまじってる。そんな中、高校生はアタシら二人だけ。これはやらかしたんじゃねえの？

隣に立つ康生にそっと耳打ち。

「これ、アタシら完全に浮いてね？」

「大丈夫ですよ。昨日のうちに、初心者のギャルでも参加できますか？って聞いときましたから」

「何してくれてんだ!?」

てかどういう聞き方だ。ギャルって情報まで出す必要ないだろ、それ。初心者でも大丈夫ですか？　だけでよかっただろ。

「大丈夫ですよ、電話で匿名で聞きましたから」

「だいじょばねえよ。バレバレだから」

普段は知らない人に電話かけるの嫌いなクセに、なんでこんな無駄な時だけ無駄な行動力を発揮するんだよ。キョトンとする康生。伝わんないかなあ。けど、そんなところがバカ可愛《かわい》いんだから、アタシも重症だな。

と、そこで公民館の扉が開き、おばあちゃんが入って来た。康生が町内会長だと教えてくれる。その会長がのんびりした足取りでこちらに歩み寄ってくると、散り散りで私語をしていた参加者たちが一塊になる。アタシたちも慌てて倣った。

「はい、本日はお集まりいただきありがとうございます。ええ、暑いですから熱中症に気を付けて……えー、それじゃあ長々と年寄りの話を聞かせるのもアレですので」

他のお年寄り勢から軽い笑いが起こる。

「みなさん、各自で卓球台の用意をお願いします。準備できたところから始めちゃってください」

ゆるい。まあアタシとしても、こんくらいの方が助かるけど。

「あ、そちらの初心者のギャルの方は、こっちでワタクシが基本的なところを教えますので、いらしてください」

やっぱバレてんじゃねえかよ。そらそうだわな！　アタシしかギャルっぽいの、いないもんな！

「すごい。会長さん、どうして星架《せいか》さんが初心者って分かったんだろ」

アタシはボケボケ康生のケツに軽く蹴りを入れて、レクチャーを受けに行くのだった。

★★★

カコンカコンと小気味いい音が館内のあちこちで響いている。

最初こそ、ぎこちなかった星架さんも、すぐにコツを摑《つか》んだのか、かなり正確なボールを返してくるようになった。借り物のラケットも手に馴染んできたらしく、時折クルクルと回して遊んでる。

「意外とやってみると楽しいな、これ」

「無心になりますよね」

実はスカッシュなんかもアリかなと思ったけど、僕がへばって昼ご飯をリバースする未来しか見えなかったからやめたんだよね。

「ああ、引っかかった」

ネットにオレンジのピンポン球を引っ掛けた星架さんが天を仰ぐ。

「ちょっと休憩」

バッグの上に無造作に置きっぱなしのタオルを拾い上げて、顔をグシグシと拭った星架さん。そう、今日はすっぴんで来ていた。ジャージも、僕と同じアジダスの安物。普段は

部屋着にしてるようなヤツだ。

保湿とか最低限の肌ケアはしてるだろうけど、普段とは比べ物にならないくらい軽装甲。それでもやっぱ美人だよなあ。目鼻の主張が強い。実は南米の血が少しだけ入ってるらしくて……母方のひいおばあさんとか言ってたかな？　それが隔世遺伝的に濃く出てたりするんだろうな。というかお化粧いらないんじゃない？　とさえ思う。

と、そこで。館内にパチパチパチパチと拍手が湧き起こる。

「星架さんが美人すぎて拍手が起きてますよ？」

「バッカ！　ほんとバッカ！」

照れてる。僕もらしくないこと言ったせいで自爆気味に恥ずかしい。

「……あそこ。ラリーがかなり続いてたんよ」

「おお、小学生？　高学年くらいかな？　若いのに凄《すご》いですね」

「いや、若い方が動体視力とか反射神経とか、有利なんじゃね？」

あ、確かに。卓球のプロ選手もみんな若いもんな。

「んん？　ていうか、あの子たち、どっかで見たことある気が……」

二人とも地味めの女子で、僕が言うのもなんだけど、どこにでもいそうなタイプだし、道ですれ違ったことあるとか？

「やっぱり康生って……」

「ロリコンじゃないですからね？」

まあ気のせいだろうな、と思ってたんだけど。僕の視線に気付いて、向こうの二人も顔を見合わせて、二言、三言交わして、こっちに近づいてきた。

やがて僕たちのテーブルの傍《そば》まで来ると、ポニーテールの方の子がおずおずと話しかけてきた。

「あの……勘違いだったら失礼なんですけど、もしかして戦国武将の人ですか？」

ん？　何を言ってるんだ、この子は。

「えっと、たぶん人違いだと思うけど」

「いや、確実にアンタのことだよ。自覚がねえのにビックリしてるよ」

星架さんが割って入ってくる。

「やっぱり！　私たち、沢見川《さわみがわ》児童養護施設の……」

「あ、ああ！　どっかで見たことあると思ったら」

意外な場所で予想外の再会を果たしたのだった。

☆☆☆

え？　知り合い？　児童養護施設って……確か再会して間もない頃、作った物を寄贈してたよな。アレの関係か。

アタシの推測を裏付けるように、康生《こうせい》は笑顔でアタシに二人を紹介してくれる。

「前も言ったかもしれませんけど、時々地域の催しで作品を持って行ったりしてる児童養護施設があって……そこの子たちだったみたいです。僕も最後に行ったのは三年前くらい？　かな。記憶が朧気《おぼろげ》なんですけどね」

「私たちも、当時はもっと小さかったので……すぐには気付かなかったです。失礼しました」

二人が礼儀正しくペコっと頭を下げると、ポニーテールとショートボブの黒髪がサラリと揺れた。なんだか、寂しい処世術だなって思った。寄付、寄贈してくれる人に失礼がないように。そう教わってるんだろうと思うけど。まだ中学にも上がってなさそうな、こんな小さな子たちが……

どうしてもアタシ自身、病弱だった頃、周囲の厚意に甘えざるを得なかったことを思い出してしまう。もちろん感謝は持ってたけど、同時に、アタシだって好きで病気になってるワケじゃないのにって気持ちも否定しようがなかった。この子たちにしたって、好きで施設に入ったワケじゃないのにって、内心を押し殺してるのかもしれない。

「いやいや。気にしなくていいよ。最近は完成したら町内会の人に渡して、そのまま任せてる感じだったからね」

代表で持っていく人もいるんだろう。その人に丸投げしてたってことか。

「あの、今年も頂いたウサギさんとか猫さんとか年少の子たちも喜んでて……」

「節分の時に頂いた島津《しまづ》義弘《よしひろ》もすごく迫力ありました」

鬼違いじゃね？

「あはは。島津は恥ずかしかったな」

そうだろうな。後になって、自分は何やってんだってなるヤツでしょ。

「完成度低かったから」

完成度の話かよ。大胆な解釈違いの方を恥じろよ。

「あ、あの。ところで、そちらの方は……」

「ん？　あ、ああ。友達だよ。とっても優しい人だから、よく遊んでくれるんだ」

その言い方だと近所の優しいお姉さんに遊んでもらうチビッ子みたいだな。

「あくまで対等だよ？　アタシだってメッチャ楽しいから、一緒に遊んでるんだ」

誤解を招かないように、女の子二人にアタシからも説明。

「今日も、卓球楽しかったし。やってみると奥が深いね」

「はい！　私たちも、ラケットだけで出来るから、中学あがったら卓球部入ろうねって話してたんです！」

ニコニコと本当に嬉しそうに笑うポニテちゃん。もしかするとお金がかかるから部活は諦めてたのかもしれない。それが費用少なめで出来る部活を見つけて、初対面のアタシにまでつい言ってしまった感じか。可愛いなあ。

と、口数が少なくなっていたボブカットの方の子が、アタシの顔を凝視しながら、

「あ、あの……もしかして、セイさん、ですか？」

そんなことを聞いてくる。セイってのはモデルやってる時のアタシの名前。ってことは、この子、読者さん？

「え!? ティーン・バイブルの？　読モの？」

ポニテの子も、そう言われて、アタシの顔とボブの子の顔を交互に見る。そしてまたアタシの顔に視線が戻って来て、

「あ、ホ、ホントかも！」

と少し大きな声を出した。ついアタシは周囲を窺《うかが》うけど、いつの間にかお年寄りたちも各々で休憩に入ってるらしくて、老人会の様相だった。誰もアタシらに注目してる人はいない。つか弱小雑誌の読者モデルごときで身バレにビクビクすんのも自意識過剰か。

アタシは観念してコクンと頷《うなず》いた。

「まあ、うん。そういう活動もやってたりするね」

康生が気遣わしげにアタシを見る。昨日の仕事のモヤモヤを忘れさせてあげたいって、多分そういう考えで誘ってくれたんだろうしな。しょっちゅう思ってることだけど、やっ

ぱ康生って優しい。

「うわあ！　アタシたち、友達に雑誌見せてもらったりして、えっと、その……ファンなんです！」

「うん。すごくキレイで、カッコよくて！」

二人がキラキラした目でアタシに迫ってくる。

確かにまたモデルの話なんだけど、不思議なくらい素直に受けとめられていた。すっぴんでジャージでも余裕で受け入れてくれる人が傍にいるからやんね。そしてこの子たちも純粋な好意だけ見せてくれるから。ゲンキンだなあ、アタシ。

「あ、あの！　アタシたち、メイクとか興味あって……けど独学でやってみても、何かちがくて。もしよかったらアドバイスとかいただけると……」

もうすぐ中学生になるんだもんね。興味も出てくる頃だよなあ。

「おし！　じゃあ一丁、お姉ちゃんが教えたろ」

頼られたのが嬉《うれ》しくて、ついそんな安請け合いをしていた。

★★★

偶然の再会から、思わぬ方向へ事態が転がっていった。

ただ僕は少し安心していた。星架《せいか》さん、なんかフッとモデル辞めたりしないかなって、心配だったから。昨日の公園で大笑いできてたから、少し楽になったのかなとも思ってたけど。逆に吹っ切れて、アタシ辞めるわとか言い出しそうでもあった。

別に星架さんが心から納得して、後から後悔しないんだったら、もちろん辞めてもいいと思う。けど一時、感傷的になってその衝動のままに辞めてしまったら、きっと後から傷ついてしまうと思うから。

「ね。康生の家の工場《こうば》とか貸してもらえない？」

今は話が進んで、教えるための場所を選定中みたいだ。児童養護施設に多人数で押しかけるワケにもいかないし……星架さんの家は物理的にキャパ超え。その点、僕の家の工場なら広いし、多少汚れても怒られないし、確かにアリなんだけど……

「僕の家でやるより……星架さんさえよかったら、教室を開いてみませんか？」

「え？」

「この子たち以外にも、メイクをしたくても一歩踏み出せないとか、自信がないとか、そういう子はいると思うんですよ」

一種の賭けだけど、こういった純朴な熱意に多く触れることで、星架さん自身にも何かいい影響がないかなって、そんな風に思うんだ。

「僕、ここ借りられないか会長に掛け合ってみます。準備とかも全面的に協力します。

やって……みませんか？」

「え？　え？」

「セイさんのメイク教室！　素敵です！」

「講師がセイさんだったら、ウチのクラスの女子たくさん来てくれますよ！」

「アタシが講師!?」

星架さんは驚きっぱなしだ。それだけ意外な提案だったんだろうな。

「でもさ、卓球とかならまだしも、メイクなんて」

「え？　大丈夫ですよ。文化教室も普通に開いてますから。折り紙教室とか」

ボブカットの子が援護射撃。

「僕も父さんと一緒に、木彫りの講師やったことありますし」

「え!?　康生も」

今回みたいにお年寄りばっかりだったけど、割と盛況だった。

「例の毛利元就《もうりもとなり》のヤツを彫ると、みんな静かに見入ってくれましたね」

「それ言葉を失ってただけなんじゃ……」

確かに。結構な完成度だったし、言葉が出てこなかったって線はあるかも。ふふ、僕も技術者の端くれだからね。

「まあでも、康生もやったことあるんなら、ノウハウとか先輩として教えてもらえるだろうし、安心かな」

お？　やる気になってくれたのかな。ちょっと強引に誘っちゃったかなって不安になりかけてたけど。

「失敗したり、人集まんなかったり、変なことになってもさ……康生は味方だよね？」

「当たり前です。星架さんは僕の、し、親友なんですから」

口に出すと、こっ恥ずかしいけど。紛れもない事実だし、それで星架さんが安心してくれるなら、なんということもない。

「ダメだった時は僕んちで逆ギレ反省会しましょう。ふわふわオムライスで」

「情報が渋滞しすぎだろ。逆ギレと反省は両立せんぞ。オムライスは……作り方教えてもらおうかな」

星架さんは呆《あき》れたように笑ってくれた。

卓球教室の後、会長さんにこの公民館を使えないか打診したところ、ほぼ二つ返事で了承された。「アナタたちみたいな若い人が地域の為《ため》に……！」とか言って感動されてたのは居心地悪かったけど。まあ実情は、ロハで講師を受けてくれる人が少ないから、割とスケジュールがスカスカなんだろうけどね。すぐさま来週にねじ込んでくれたし。

「なんかご無理を言ってしまって、すいません」

児童養護施設の子たちが申し訳なさそうな顔で謝ってくる。彼女たちも勢いでノッてしまったけど、冷静になってくると、話の大きさに日和《ひよ》ってしまったみたい。

「イベントにしたのは僕だし、二人が気にすることはないよ」

「そうそう。さっきも言ったでしょ。万事、お姉ちゃんに任せときなって」

星架さんもトントンと自分の胸の辺りを控えめに叩《たた》いた。意外と姉御肌なところがあるよね。二人も安堵《あんど》の表情を浮かべて、星架さんに改めてお礼を言った。

「当日はよろしくね」

「「はい！ よろしくお願いします！」」

二人揃《そろ》って、元気に頭を下げた。

その後すぐに解散。僕たちも家路についた。まだ日は高いけど、昼間よりは若干気温が下がってる。星架さんのバッグも一緒に持ってあげると、「サンキュ」と微笑《ほほえ》んでくれた。

古い民家が建ち並ぶ通りを、のんびり歩きながら、

「いやあ、しかし。こんなことになるとは……」

星架さんが改めて、しみじみと言う。

「僕も、今日が始まった時には思いもよりませんでしたよ」

むしろ、星架さんにはモデル業と離れたことをしてもらってリフレッシュ、とか考えてたくらいなのに。

「参加希望者、集まるかなあ」

成功するか否か、の前にそこが第一関門だよね。

「僕たちでも誰か……あ、そうだ。浜村《はまむら》さんにも声かけてみましょうか」

「あ、いいね。講師役もアタシだけじゃ足んないかもだから、千佳《ちか》たちにも応援要請するか」

星架さんの横顔を見て、僕は少し安心する。もちろん不安もあるんだろうけど、口元は緩んでいる。期待もきっと同じくらい大きいんだ。成功に導けたら、今の何倍も笑顔になってくれるんじゃないか。そう思うと、僕の胸の内にも気力が漲《みなぎ》っていく。

頑張ろう。僕に出来る限りのことをやって、必ずいいイベントにするんだ。


夏休み前、最後の授業。

どこか教室中に、祭りの準備中のような浮ついた空気が漂っている。とか考えてるけど、僕もきっとその空気を醸成している一員なんだろう。

四月の僕に言っても信じてくれないだろうな。この学校で一番美人なギャルの子と毎日のように過ごす夏休みを待ちきれずに、ウズウズしながら一学期の最後を迎える未来がくるだなんて。

チャイムが鳴ると同時、教室内の空気が一気に弛緩《しかん》する。終わった！　これで一学期は明日の終業式を残すのみ。

「は～い、ホームルームは明日の終業式の後にやりますから、今日はこれで解散ね」

ちょうど担任の太田《おおた》先生の授業だったため、そのまま彼女は教壇から指示を出した。

「終わった～。康生《こうせい》！　行こうぜ」

「はい。ただその前に……」

僕の視線を辿《たど》って星架さんも「あ、そうだった」という顔をする。そして一つ頷き返してくれた。僕たちは二人同時に立ち上がり、視線の先の人物に近づいていく。

「浜村さん」

「え？」

「今度、僕たち、公民館で催しをやるんですよ」

「は、はあ」

それが自分になんの関係があるんだろう、という顔。まあそうだよね。けど続く星架さんの、

「アタシ主催のメイク教室でさ。よかったら浜村さんもどうかなって」

というお誘いに、目を見開いた。まだ宮坂《みやさか》と例の隣のクラスの女子が付き合い始めたという情報は、ギャル通信網には入ってきてない。

「い、いいんですか？」

「うん、もちろん」

星架さんが大きく頷《うなず》く。

「いつですか？」

具体的な日取り、場所を教えると浜村さんはコクコクと頷いて、手帳に書き込んだ。

「ありがとうございます。気にかけていただけて嬉しいです」

笑顔でお礼を言ってくれて、こっちまで胸の空《す》くような気持ちになる。人の役に立つのって気持ちいいよね。まあ……僕は企画しただけだから、実際のところは星架さんに頼りっきりなのが情けない話だけど。

ペコペコと頭を下げる浜村さんに見送られ、僕たちは教室を後にする。去り際、宮坂と目が合った。僕たちと彼女の謎の繋《つな》がりが気になったんだろうか。すぐに目を逸《そ》らされたけど、多少は浜村さんのことも気にかけてるとか……だといいな。

校舎の外に出ると、セミの合唱が降り注いだ。暑さに立《た》ち眩《くら》みしそうな僕とは対照的に、星架さんは気力満点のようで、

「帰りさ、夏休み計画表作ろうぜ！」

なんて言い出す。

「え？」

「まず、来週にメイク教室だろ。その辺りで康生のノブエルも出来るから、エントリーしに行くべ？　それからそれから」

ワクワクを抑えきれないみたいで、星架さんが子供みたいにはしゃぐ。可愛《かわい》いなあ。あ、そっか、こういうの思ったら素直に言った方がいいんだっけ。

「星架さん」

「ん？」

「可愛いです」

「か!?」

星架さんの元々大きな瞳が更に大きくなる。二秒くらい固まって、

「あんがと」

と蚊の鳴くような声でお礼を言ってくれるのも可愛かった。

☆☆☆

康生の不意打ちにまだ胸がドキドキしてる。なんでいきなり、あんなスケコマシに進化してんだ？

……あ、そっか。アタシが勉強会ん時に、可愛いと思ったら言って欲しいみたいな注文つけたからか。素直ないい子だなあ、まったく。おかげでこっちは、このクソ暑いのに体温が更に上がったよ。なんかいっつも不意打ちでいいようにされとるな、アタシ。まあ惚《ほ》

れた弱みってことだろうけどさ。

でも。毎回毎回やられっぱなしってのも癪《しゃく》だからさ。こっちも秘策を用意してんだよね。明日、目にもの見せてやるからな。のほほんと隣を歩く想《おも》い人《びと》の驚く顔を想像して、一人ほくそ笑む。

今日もマンションの近くまで送ってくれた優しい康生と、例の激近スーパーで軽く駄《だ》弁《べ》って解散……と見せかけて、アタシはマンションの駐輪場から自転車を取って来て、スーパーにコッソリ戻る。

ふふふ。忍者になれるかもな。とか康生に言ったら、服部半蔵《はっとりはんぞう》あたり大喜びで作ってきそうだから、やめとこ。

「牛すじ肉、人参《にんじん》、玉ねぎは……まだあったハズだから、あとは～」

食料品コーナーを歩き回って、必要な食材をカゴに放り込んでいく。

念のためにブクマしてるレシピサイトでもう一度、材料の買い忘れがないかチェックして、お会計。

ママに頼まれてた牛乳とかも合わせると結構な量と重さになって、スターブリッジ号《ごう》の前カゴがパンパンだ。別にハンドルを取られるほどじゃないけど……もし康生がいたら彼の自転車で運んでくれたんだろうな、とか考えてしまう。便利使いみたいで感じ悪いか。けど多分、アタシが何か言う前に、当たり前みたいに載せちゃいそうだよね。

『大事にします！　唯一の友達だし、出来る限りのことはして、使える時間は全部使います！』

康生の言葉がまた脳裏に甦《よみがえ》る。まさに有言実行してくれてて、毎日がパラダイスなんだよなあ。康生に会えると思うと、学校ですら楽しみになってたし。

やっぱ喜ばせたいよな。アタシの人生をこんなにも幸せにしてくれてる人を。

家に帰りついて、手を洗って着替え、さっそく台所に立った。作るのは牛すじカレー。実はオムライス屋で康生に鼻で笑われたデートの日から、コツコツと練習してたんよね。まだ野菜のカットとかは不揃いで、包丁もママいわく危なっかしいみたいだけど。カレー自体が作ってみると簡単で……っていうかカレールーの偉大さを知ったよね。少々のミスは全て包みこんでくれる味の濃さよ。

そして意外とイケると手応えを感じたアタシは調子に乗って、少し変わったカレーを作ることにした。それで選んだのが今回の牛すじカレー。昨日も作って成功したんだけど、他のレシピサイトも見てみると、ワインを使ってみたりハチミツ入れてみたり、凝りだしたらキリがなさそうな雰囲気で。

「なんか、康生が物を作る時に、やたら細部までこだわる気持ちが分かった気がするんよね」

いつか、そういう気持ちもシェアできるようになるかな。アタシはそんなことを思いながら、鍋に浮かんでくる牛すじの灰汁《あく》を掬《すく》うのだった。

翌日は終業式だけ。なが～い校長先生の御高説をありがたく頂戴して、教室に戻って太田先生から夏休み中の注意事項、禁則事項などについてのお話も聞いて。

「晴れて……釈放だー！　シャバだぜ、シャバ」

校庭に出ると、思わず大きく伸びをしながら叫んでしまった。だってさ、これからの日々へのワクワク感がやべえんだもん。高校最初の夏休み。大好きな人と親友たちとずっと一緒に過ごせる約一ヶ月間。

「康生、千佳！　行こ！」

二人の手をグイグイ引っ張っていく。今日の昼はアタシがご馳走《ちそう》すると、事前に伝えてある。早くあっと驚かしてやりたくて、気《せ》が急いてしまうのは仕方ないこと。

「んな急かさんでも、飯は逃げんだろうに」

「いや、旨味《うまみ》とか逃げるかもしれないし」

そんな風に答えたら千佳に鼻で笑われる。

「旨味もクソも……どうせ茶漬けだろ？」

思いっきり侮られとるし。

「クッツーは、なに茶漬けだと思う？」

「鮭茶漬《さけちゃづ》けでしょう。鮭フレーク乗せるだけですからね」

「甘いな。わざわざ呼ぶくらいだから、もっと豪勢に……鯛茶漬《たいちゃづ》けと見た！」

「貴様ら〜！」

ワイワイガヤガヤしながら、駐輪場へ。三人で連なってチャリンコ大移動を始める。

学校の正門を出て、普段は左に曲がるんだけど、今日は直進。南側のモールや新興住宅地の方面だ。一〇分ほど漕《こ》ぐと、ウチのとほぼ同じくらいの規模のマンションに着く。ガラス張りのエントランスホールから、外のアタシたちに向けて、手を振る少女が一人。

真ん丸の体と、手を振る度にタルンタルン揺れる二の腕が印象的だ。やがて自動ドアをくぐって、外まで出てくると、こちらに駆けてくる。

「千佳、久しぶり〜。星架《せいか》は先々週ぶり〜」

千佳の方が間隔が空いていたせいか、そっちに抱き着く彼女。千佳がその背に手を回しながら、さりげなくもう一方の手で脇腹をつまんでいた。

やがて抱擁を解くと、

「はじめまして〜、私、重井雛乃《しげいひなの》。二人の幼馴染《おさななじ》みだよ〜」

と、康生の方を向いて自己紹介する。

「はい、初めまして。沓澤《くつざわ》康生です。一六歳です」

康生のヤツ、パパ相手のやらかし挨拶を天丼しやがった。不意打ちについ噴き出してし

まう。クソ、あんなんで。

「あはは。歳《とし》は知ってるよ～。二人から聞いてる通り、面白い人だね～。あ、そうだ、星架のツイスタで見たよ！　すっごい手先が器用なんだよね～？」

そう、実際に康生と雛乃が会うのは初めてだけど、アタシや千佳《ちか》のツイスタに何度も出てくるので、二人とも互いにある程度は知ってるんだよね。

「手先はすげえんだけどな、確かに。センスの方がなあ」

「あはは。戦国武将だっけ？　でもすごい上手《うま》いよね。私も一つ欲しいかも」

「ホントですか!?　毛利《もうり》、今川《いまがわ》、織田《おだ》、長宗我部《ちょうそかべ》、誰でも作りますよ！　お代は星架さんにツケとけば……」

「なんでだよ!?」

全く油断も隙もない。

雛乃は、口元を手で隠しながらクスクスと笑う。康生もアタシや千佳の初対面の時より、だいぶやりやすそう。まあ雛は、お肉を除けば控え目な子だからね。髪は黒だし、服装もベーシックカジュアルで、アタシらのようなギャルっぽさも見受けられないし。

「いやぁ～、それにしても。ホントにあの星架がここまで気を許す男子がいるとは。ちょっと信じらんない気分～」

「だろ？　アタシらと会う時と撮影の時以外は、ずっと遊んでるかんな。入れ込みすぎだろって」

「そこ！　うっせえぞ！」

茶化してくる千佳に怒鳴ってやるけど、どこ吹く風。ったく。

もう二、三往復からかわれたけど、早く移動しないとクソ暑いことに気付いて、じゃれ合いの時間は終わった。

★★★

「んじゃ、康生《こうせい》は雛乃、乗っけてやってな？」

ん！　そんなの聞いてない。というかSNSに上がってる写真だと、少しポッチャリくらいかなと思ってたのに、実際会ってみると、中々の貫禄《かんろく》だった重井さん。彼女を僕が運ぶ？

「あはは、ごめんね～。私、最近、自転車キツイの～」

そんなバカな。あ、でも漕ぐたび膝小僧がお腹《なか》に当たるくらいに見受けられるし、無理させて体調悪くなったら可哀想《かわいそう》だもんね。

……ここが男の見せ所ってヤツか。

意を決して、僕は自転車のスタンドを外し、跨《また》がった。

「乗って下さい」
女子たちに頼りにされてるんだし、意気に感じないとね。それになんだかんだ言って、僕もそれなりに体は鍛えてるし。スタミナに不安はあるけど、まあなんとかなるでしょう。
そんな楽観的な気持ちで前を向いたのだった。

……………

…………

……

ヒューヒューと、口からヤバめな息が漏れている。さっき軽い傾斜を立ち漕ぎした時、ゴキュッみたいな音が膝から鳴って、それ以来ずっと痛いし。前を行くスターブリッジ号《ごう》たちに、危うく怨嗟《えんさ》の念を送りそうになる。意気とか漢気《おとこぎ》とか、どっかに置き忘れてきてしまった。
やがて幹線道路の信号待ちで三台とも停車。両足を地面につけたまま上体を倒した洞口《どうぐち》さんが、前カゴに入れてある自分のカバンを漁《あさ》り始める。先日、僕と星架さんで贈ったモールデートのお土産、クマちゃんストラップ二つが左右に揺れている。やや手こずった後、洞口さんが取り出したのは携帯扇風機。自分で少し涼んだ後、星架さんにも当ててあげる。なんのかんの言っても友達想いだよね、洞口さんも。
と、こちらの後部座席の姫も、カバンをゴソゴソやり始める。あ、流石《さすが》に扇風機くらいは当ててくれるのか。そう思って振り返ると……彼女はスーパーのレジ袋から個包装のお菓子を取り出していた。茶色くて、砂糖が沢山まぶされた、それは……

「ドーナッツ！　魅惑の円環ドーナッツ！」

この期に及んで、まだ太る気なのか。僕の膝を再起不能にするために。

「あ、沓澤クンも食べる？」

優しさの方向音痴！　今そんなの食べたら喉に詰まって死んでしまう。

「康生」

星架さんが、歩道脇の自販機で買ったペットボトルを渡してくれる。中身はスポーツドリンクだ。僕はお礼を言って、三口ほどいただいた。くう、染み渡る。

星架さんもすぐ飲むだろうと思って、蓋を開けたまま返す。すると案の定、彼女もそのまま口をつけた。

「……」

「……」

視線に気付いて、僕も星架さんもバツが悪くて、軽く離れた。間接キス、いつの間にか日常になって久しいけど、第三者から見たら、そりゃそうだよね。

「あ、いやいや。我々のことは気にせず、続けたまえ」

「つ、続きなんかねえよ！」

「あれ？　ほっぺにチューしたって……」

「ぎゃああ！　何言ってんの、アホ！」

洞口さんに殴りかかるポーズをする星架さん。うわあ、そっか。星架さん、洞口さんに話しちゃったのか。女子はこういうの平気でシェアするとは、噂《うわさ》には聞いてたけど。

つい重井さんの方も視線で確認すると、ホクホク顔で頷《うなず》かれた。あ、これは彼女にも話してますわ。

「てか、ドーナツは？」

「もうないよ～、そんなの」

一袋丸々持ってたハズなんだけどな。『妖怪ドーナッツペロリ』でも現れたんだろうか。嫌だなあ、怖いなあ。

「あ、信号変わるよ！　ほら、みんな！　渡るよ！」

星架さんが、わざとらしい大声で空気を変える。まあ実際、急いだ方がいい。ここの信号、待ちは長いクセに渡る時はメッチャ短いからね。

僕も膝に力を込め……もう一度、嫌な音を聞いた。

もはや慣れ親しんだ溝口《みぞぐち》家。今日はお母さんの麗華《れいか》さんも在宅のようだった。どうしても誠秀《せいしゅう》さんの顔がチラつく。星架さんいわく、互いに想《おも》いが尽きたワケではないそうだが……


「あら、康生くんも？　いらっしゃい」

「お邪魔します」

子供四人に麗華さん。広めのリビングとはいえ、流石に手狭だ。

女の子たちとぶつからないように慎重に動いて、テーブルにつく。特に一名、表面積が大胆だから、いつもより気を遣った。

「待ってて、今カレー温めなおすから」

星架さんだけ台所へ。

しかし、なるほど。カレーか。確かに料理初心者でも手が出しやすいうえ、お茶漬けと違ってバカにされない。いいチョイスだと思う。

温まりを待つ間、星架さんは鍋でエビを茹《ゆ》でつつ、レタスを千切って皿に盛りつけ、その上にスライスアボカドを散らした。茹で上がったエビをそこへ乗せ、付け合わせのサラダも完成させる。

「すげえ、星架。いつの間に、そんな」

「ふっふ～。特訓したかんね。誰かさんに、お茶漬けを鼻で笑われてから、さ」

そんな冷血な町工場のせがれが？　存在するというのか？

「おかげで私はカレーは当分、見たくないけどねぇ」

麗華さんが遠い目で、キッチンから顔を背けた。

「あはは、ご愁傷様～」

重井さんのノホホンとした慰めと同時くらいに、

「出来たよ！」

と星架さんの高らかな宣言。

「運ぶの手伝います」

僕は立ち上がってキッチンの方へ歩き出す。せめてそれくらいは、と思ったけど、星架さんに手で制された。最初から最後までやり遂げたいということだろう。その気持ちを汲《く》んで、僕は再び椅子に座り直した。

やがて、全員の前に皿が配られ、

「いただきます」

みんなで行儀よく手を合わせた。そして実食。スプーンでルーとご飯を半々ずつ掬《すく》って、牛すじ肉も乗っけた。隣に座る星架さんから、横顔に強い視線を感じる。いざ。

僕はスプーンを口の中に入れた。

カレールーのコク深い味わい。牛すじ肉はよく煮込まれてるようで、トロトロ。野菜は不揃《ふぞろ》いだけど、味には問題なし。総合して……

「メッチャ美味《おい》しいですよ！　星架さん！」

隣に顔を向けると、不安げな顔が、パアッと花開くように笑顔へと変わる瞬間だった。その後は、テストで一〇〇点取った子供のような喜びよう。

可愛《かわい》くて、思わず僕は彼女の頭を撫《な》でてしまう。嫌がる素振りすらないので、続行。少しだけ汗でシットリした髪を優しく梳《す》くように撫でていく。

「ん」

気持ちよさそうに目を細めるのも、子犬みたいで可愛い。没頭しそうになって……ハッと気付き、前を見ると、向かいの洞口さんがニヤニヤ笑いでこっちを見てた。ついでに、斜め向かいで食べてる麗華さんもニヤニヤ。ああ、しまった。

「ん～、星架《せいか》、これホントに美味しいよ～」

幸い重井《しげい》さんはカレーに夢中で、ニヤニヤ軍には加わってないけど……もう半分以上、皿の底が見えてる。今度は『妖怪カレーパクパク』かな？

「喉ごしがね、いいんだよ～」

喉ごし!?

結局、僕は二杯いただいて、ご馳走《ちそう》さまをした。星架さんたちは普通に一杯だけ。残りがどこに消えたかは……まあ敢《あ》えて言及する必要もないか。

食後。

少し休んでから、重井さんを送っていく。なんでも、今日はお母さんとケーキを作る約束があるとかで、元々そんなに長い時間は遊べなかったのだそう。

「ケーキが控えてるなら、あんなにカレー食べない方がよかったんじゃ？」

「ん？　どうして？」

こんなやり取りを経て、僕は色々と諦めた。星架さんと洞口さんが黙って首を横に振る様子を見て、「ああ、みんな通る道なんだな」と納得した。

ということで、可愛い妖怪さんを自宅に送り届けてから、僕らはモール内のでっかい一〇〇円ショップへ向かう。

「来週だっけか？　そのメイク教室ってヤツ」

自転車を漕《こ》ぎながら、洞口さんが訊《たず》ねてくる。

「はい。東区の公民館で。洞口さんも来てくれるんですよね？」

「どうすっかなあ。ロハじゃなぁ」

なんて口では言ってるけど、教える側の人手が足りないと星架さんに泣きつかれてる以上、友達想いの彼女が来ないハズないんだけどね。

「まあ、暇だし、しゃーないわな。定期もあるし」

「ありがとうございます」

当日は何か僕の方で差し入れを作っておこうかな。言い出しっぺなのに、実際問題、当日は無力だろうし、せめて軽食くらいね。

モールに着いて、三階へ。全国チェーンの一〇〇均のテナントに入って、僕はカゴ持ち。二人がメイク用品の棚にかじりつく。黒とピンクの髪色の洞口さん。グレーとエメラルドグリーンの星架さん。改めて後ろから二人の並びを見ると凄《すご》いよなあ。まさにギャルJKって感じ。

こんな彼女たちと夏休み中、遊び回る予定になってるんだから、人生わかんないものだ。一六年間、ギャルとなんて無縁の生活を送ってきたのに、この数ヶ月でギャルとしか縁のない生活に一変したんだもんな。

「康生《こうせい》！　康生ってば！　なに黄昏《たそが》れてんの？」

あ、ずっと呼ばれてたらしい。

「あ、いや、ちょっと」

「しっかりしてよ、言い出しっぺ」

ジト目で可愛く睨《にら》まれてしまった。

「……んでさ、どんくらい用意しといた方がいいかなって」

一応、今日までが参加希望の締め切りだったけど、既に一昨日の段階で「定員の二〇名に達したのでクローズした」と電話で連絡を貰《もら》っている。つまり来場者二〇名は確定となる。

何人かは道具はあるけど上手《うま》く出来ないという子もいるそうで。うーん、難しいラインだ。参加申し込みの時に、もう少し個人個人の状況を聞けたらよかったんだけどな。

「まあファンデはいいの使うとして、ペンシルとアイシャドウと……」

「ウチ、一〇〇均のアイシャドウ使ったことねえわ」

「あ、マジ？　意外とイケるよ」

つ、ついていけない。

小・中学生でも手軽に出来るメイク術ってことで、ほぼ一〇〇均縛りなんだけど……正直、ここのコスメコーナーをナメてたよね。こんなに種類が豊富で品質もシッカリしてるとは。本当にこれで採算とれてんのか？って逆に客が不安になってくるレベル。

とりあえず、言い出しっぺのクセに申し訳ないけど……

「二人にお任せします……」

当日どころか現在進行形で僕は無力だった。


週が明け、いよいよ星架さんのメイク教室、その当日となった。

僕個人の方ではノブエルを仕上げ、コンクールのエントリーもネットで済ませておいた。そうして手が空《あ》いたので、今日の差し入れのために、マドレーヌを六〇個ほど焼いてきた。業者か？って量だけど、なにせ飛び入りで重井さんが来てくれることになったからね。

……六〇で足りるかな。

自転車で二往復して、クーラーボックスを運び入れる。開始の五〇分前には搬入の方は終わったんだけど、今度は机と椅子の配置。長机と、椅子を人数分。倉庫から館内に運び入れていく。もちろん、この作業、星架さんたちも手伝おうかと言ってくれたけど、僕の方で断った。なんせ言い出しっぺのクセに、僕が出来るのはマドレーヌの差し入れと、こういった力仕事だけだから。

教える段取りとか、幼馴染《おさななじみ》三人で打ち合わせもあるだろうし、開始時刻に間に合うように来てもらえれば設営は完了させておく、と請け合ったんだ。

まあ、教えてもらう側の子たちは開始二〇分前くらいに来て、汗だくで作業する僕を見て目を丸くしてたけど。ちなみに特別枠で参加の浜村《はまむら》さんは道に迷ったのか、ギリギリの到着となって、またペコペコしていた。遅刻じゃないんだから気にしないでいいのに……腰の低い人だ。

そしていよいよ、開始時刻。

卓球の時と同じく、会長が開会の挨拶をしてくれる。今回、講師が未成年者だし、監督としてオブザーブしてくれることになっていた。

「はい。本日はお集まりいただき、ありがとうございます。ワタクシでは、今のお若い方のお化粧は分かりませんので、もうここは同じくお若い講師の方々にマルっとお願いする形で」

両手で丸を作って、星架さんたちの方に投げるジェスチャーをする会長。お歳《とし》だけど仕草が可愛らしい。

「何か緊急時などはワタクシに。それ以外は全て講師の方々にね。それでは。後はお任せします」

そう言って本当に一歩、二歩下がって、壁際の椅子にチョコンと腰掛けた。

後を受けた洞口《どうぐち》さんが、手をパンパンと叩《たた》いて注目を集め、参加者に着席の指示を出す。そして座った全員の前に、僕は一〇〇均で買い揃えたメイク道具一式を置いていく。

「クッツー、それ終わったら退場な」

「ええ!?」

「当たり前だろ。女の子がメイクするところ覗《のぞ》こうとか、警察呼ぶぞ」

「ひえ!」

僕と洞口さんのやり取りに、参加者たちの間に笑いが巻き起こる。そうして僕は肩を落としながら本当に扉を開けて出て行った。その様子にまたクスクス笑いが起こる。

細かい部分はアドリブだったけど、この流れは予定通りだったりする。小・中学生くらいの子たちが大半の場、緊張してる子もいるだろうということで、僕が道化を演じて、それをほぐしてあげたい、と。星架さんのハレの舞台。少しでも笑顔が増えるなら、これくらいなんということもないからね。

☆☆☆

康生の後姿を見送って、アタシは密《ひそ》かに唾を飲み込んだ。緊張、というより気負いだな。あの子が朝早くから人数分のマドレーヌを焼いて、汗だくになりながら力仕事も全部こなしてくれて、今はネタ役まで買って出てくれて。全部アタシのため。アタシだけのため。あ、いや、もちろん子供たちや浜村さんのことも考えてはいるだろうけどね。

でも基本的にはアタシありき。モデル業で少しモヤモヤしただけで、ここまでしてくれるとか。大事にするにも程があるんだよな。お姫様かよ。ジーンとくるほど嬉《うれ》しいけど、同時に気負いも生まれてる。失敗して台無しにしたくない。

「おい、チャリエル」

パシンと背中を叩かれた。千佳《ちか》だ。

「チャリエルやめろし」

「柄にもなく緊張してるからだろ。ほら、行くぞ。みんな待ってんじゃねえか」

「う、うん」

そこで今度はフニョンと柔らかい感触。背中から雛乃《ひなの》が抱き着いていた。相変わらず、

なんだこのボディーは。柔らかくて、あったかくて、ホッとする。

「星架、気負い過ぎなくても大丈夫だよ～。三人でやるんだから～」

そうだった。そうだよな。ここまでお膳立てしてくれた親友……以外にもアタシには親友がいるんだ。それも二人も。

「つか、アンタの得意分野だろうが。プロなんだから」

「そうそう。普通に毎日やってることを子供に教えるだけ～。な～んにも難しいことなんかないよ～」

「千佳。雛乃」

嘘《うそ》みたいにスッと心が軽くなった。アタシは本当に幸せ者だな。

「よし！」

と気合いを入れて。

「みんな、こんにちは！　今日の担当講師、読者モデルのセイです！」

康生が用意してくれたハレ舞台。両脇を最高の親友たちに固めてもらって……アタシは大きな声で教室の始まりを告げた。

始まってみると、一体アタシは何を緊張してたんだ?ってくらい楽しかった。

ある程度、全体に指示を出して、行き詰まってる子がいたら、個別で教えてあげる。一度に何人か手が挙がった場合は、千佳や雛乃と手分けして当たる。

「チョンチョンとつけて。あとで伸ばすから。そうそう。みんな上手いね」

褒めることも忘れずに。

基礎の下地から既に少し迷ってる姿は初々しくて可愛《かわい》らしい。アタシもあんな時期あったなあ。

「あの、アタシ、ちょっと顔が青白いタイプで。ピンク試したこともあるんですけど……」

中学生組は、多少かじったことある子もいて。

「もう少し使ってる物の品質を上げるか、チークで隠しちゃうか、かなあ。チークの話はもう少し待ってね」

「はい！」

当たり前だけど、一人一人、違う肌をしてて、違う血色で。そして一人一人、目指す理想が違う。

ある子は、

「明日、気になってる先輩と出かけるんです」

誰か特定の人のために、キレイになりたい。

またある子は、

「可愛くなってカレシつくりたいんです！」

まだ見ぬ恋のために、備えておきたい。

またまたある子は、

「このイボ、隠したくて」

自分の容姿に自信をつけるために。

児童養護施設の二人は……

「セイさんみたいになりたいです！　自立してて強くてカッコよくて！　男の子に振り回されたりしない！　そんな女性に！」

ゴメン、ゴメン、ゴメン！　それだけはアレだわ。買いかぶりもいいとこだわ。現在進行形で振り回されまくりよ。自立も……出来てる気がしないから、モヤモヤして康生に気を遣わせたんだしな。

「……」

最後に浜村さんの様子を窺《うかが》う。周囲の声も聞こえていないかのように、鏡と手元に集中しきっていた。直前まで教えていた雛乃がウンウンと頷《うなず》いている。当初は一人だけアタシたちのクラスメイトが参加するという謎の事態に当惑してたけど、今はその情熱に感心している様子だ。

……みんなキレイになりたい理由はそれぞれ違えど、共通しているのは、熱。それに触れるアタシまで、胸の内にバルーンのように充実感が膨らんでいく。忙しいし、冷房の下でも汗ばんできたけど。

楽しい。教えて、実践して、失敗して、教え直して、上手くいって、笑ってくれて。

「よかったな。みんな現役モデルから学ぼうって、すげえ熱心に聞いてくれてるぞ？　それに、教えてるアンタも楽しそうだ」

千佳がクールに笑って、アタシの背を優しく叩く。さっきの発破をかけた時とは大違いの、労《いたわ》るような手つきだった。ボケボケの雛乃は気付いてないだろうけど、千佳はなんとなく察してるっぽいな。急に康生《こうせい》がこんな催しの音頭をとった理由。

「よ〜し！　じゃあ次はいよいよアイラインだよ〜」

雛乃のアナウンスに、みんなも色めき立つ。やっぱ一番ビフォーアフターが分かりやすいのが目元だもんなあ。肌も実感として変わってはいるんだけど、まさに一目瞭然ってのは、このアイラインのメイクだ。かくいうアタシも、初めてママがやってるの見て、魔法みたいだって感想を抱《いだ》いたのを今でも覚えてる。

雛乃はふくふくの顔で楽しそうに。千佳も頼られて満更でもなさそうに。生徒のみんなも、隣の子と「上手くいった」「失敗した」なんて報告し合って、どっちでも笑ってる。

館内に笑顔が溢《あふ》れていた。

「やってよかった。ホント」

アタシ自身も頬が緩むのを自覚しながら、一番近くの席、プルプル震える手でアイライナーを持つ小学生の子の下へ指導に向かう。

ありがとう、康生。終わったら一番の感謝を伝えに行くから、もうちょっと待っててな。

★★★

講習は二時間を予定していて、その間、僕は自宅待機を提案されたけど、何かあった時にすぐに駆けつけられるようにと思って、公民館近くの喫茶店に入っていた。

常連さんだけ、という雰囲気でもなく、さりとてチェーン店ほどドライな感じでもなく。店内も空《す》いてるし、割と長居できそうな空気感があって、僕は窓際の席でゆったり過ごしていた。どうしても館内の様子、星架《せいか》さんが上手《うま》くやれてるかが気になってしまうけど。僕がここから気を揉《も》んでも仕方のないことでもある。

ふう、と一つ息をつく。ちょうどいいタイミングで店員さんがコーヒーを持ってきてくれた。砂糖を二杯、ミルクを適量。一口啜《すす》ると、インスタントでは味わえない豆の旨味《うまみ》が口中に広がる。それで思考をリセットできた。

次に考えるのは、ようやく本格的に製作に取り掛かった、例の快気祝いのジオラマについて。

贔屓《ひいき》にしてる通販サイトにスマホからアクセスする。徳用のレジン液をポチり……グレーの着色液はどうしようかな。シルバーでいくつか色つけてみたんだけど、ちょっと明るすぎるから、グレー+ラメ少量で出した色のも作ろうかなって。単調に一つの色にはしない方針だけど……うーん。蓄光《ちっこう》なんかもまぜたら、いくつか暗所で光るって仕掛けが出来るな。

じゃあその割合はどうしようか。全部の銀水晶が光ったらウルサすぎるからなあ。下品とまでは言わないけど、ネオンじゃないんだから、って思っちゃう。さりとてあまりに少なすぎても、光ってるかどうか微妙ってなるだろうし。

「う～ん」

楽しい。こういうの考えてるだけでワクワクするんだよね。

館内で講師をやってる星架さんも、同じように充実感や楽しさを覚えてくれていたら、と願わずにはいられない。

……しかし星架さんのことばっかりだな、僕。しかもそれが全く嫌じゃない。むしろ、誰かのために時間を使えることが、こんなにも充実感を生むのだと初めて知って感謝してるくらい。

いくらでも待ってるから、彼女には思う存分、今を楽しんで欲しい。

☆☆☆

ピピピピと電子音が鳴り、アタシたちの意識はその音の源へ向く。脇に座ってずっと優しい微笑《ほほえ》みでアタシたちを見守ってくれていた会長の手元からだった。一時間四〇分経《た》ったらしい。

「え～!!」

二〇人の小さなシンデレラたちが不満の声を上げるけど、規則は規則。

「はいはい！　みんな終わりだから！　後はお疲れ様会だよ！　さっき退場に処したお兄さんがマドレーヌとジュースを置いて行ってくれてるから！」

千佳がハキハキとよく通る声で、容赦なく閉会を告げる。けど最後におやつがあると聞いて、今度は歓声を上げる生徒たち。ゲンキンだなあ。

「わ～い！」

雛乃、アンタは……いや、まあ、来てくれたんだし、いいんだけどさ。一人で食い過ぎないように見張っとこ。

「あの！」

「ん？」

声に振り返れば、例の児童養護施設組の二人と、その学校のクラスメイトと思《おぼ》しき子たちが五人ほどいた。

「今日はありがとうございました！」

「あ、ああ、うん。こっちこそ楽しかったよ」

本心だ。

「それで、その……」

ボブカットちゃんが自分の後ろに隠れている一人の女の子を押し出すように、アタシの前に立たせた。あ、この子。アタシが教えるとメッチャ緊張するもんだから、千佳《ちか》や雛乃《ひなの》に任せておいた子。嫌われてるワケじゃないだろうけど。

「……」

「……」

モジモジと下を向いてしまう。アタシの方から声をかけてあげよう。

「どうした？　何かあるの？」

「あ、あの……私……目指してるんです」

「ん？」

「モデル！　セイさんみたいなモデルさんになりたいんです！」

このグループはほとんどがアタシへの憧れを口にしてくれてはいたけど、この子はガチのガチでモデルを目指してる……ってことかな。確かに、この二〇人の中では一番容姿は整っている。あか抜けた雰囲気もあるし、ファッションも少し背伸びした印象を受ける。

アタシはなんと答えたものか、少し窮した。甘くない世界だよ、と言ったら夢を壊しちゃうかも。けど本当にこの子のためを思うなら、覚悟はさせた方がいいのか。はたまた、ただ純粋にありがとうと感謝を伝えるべきか。

態度を決めきれないうちに、だけどその女の子は、

「あの！　サインください！」

とクタクタの紙を差し出してきた。見れば、それはアタシが載ってる雑誌の切り抜き。ゴスパンクに身を包んだアタシが、クールにキメていた。ああ、うん。こういう場で改めて見ると恥ずかしいな、おい。

「サインは……やってないねぇ」

「そうですか……」

ショボンとするので、ただの署名みたいなのを書いてあげた。そんな物を大事そうに胸に抱えて、何度もお礼を言ってくれるのは、ただただ面映《おもは》ゆい。

と、そこでアタシの携帯が震えた。康生からのレインだ。

『お疲れ様です。もう入っても大丈夫そうですか？』

いくら時間になったとはいえ、女の子の園に無断では入ってこない。春《はる》さんに訓練されとんなあ。

『うん、もういいよ。待たせてゴメン』

『いえいえ』

その返信が来るのと同じくらいのタイミングで公民館の通用口から、ひょこっと康生が顔を出す。たった二時間足らずなのに、すごく久しぶりに顔を見た気がする。恥ずかしい話だけど、それだけ焦がれてたってことか。人目がなかったら飛びついてるもんな、多分。

康生はアタシにニコリと笑って、軽く目礼した後、クーラーボックスの方へ歩いてく。『重井《しげい》さん』と書いた紙が貼ってある小さな保冷バッグはそのまま、雛乃に渡していた。

アタシも駆け寄って手伝う。クーラーボックスの中にはマドレーヌの他に午前の紅茶、オレンジジュースなどのペットボトルが入っていた。それぞれ紙コップに注いで、みんなに配っていく。飲み物とマドレーヌ、両方とも行き渡ったあたりで、千佳が肘でアタシを小突いた。

「ほら、チビちゃんたちが遠慮して食べれんだろ。乾杯とか、いただきますとか、合図してやれよ」

「ああ、うん」

確かに。主催かつ口ハの講師を差し置いては食べにくいし飲みにくいか。小学生でも高学年までなると、そういう分別《ふんべつ》もついてくる頃やね。

「ええっと、みんな今日は来てくれてありがとう」

アイドルみてえだな。挨拶しくった。

「お疲れ様。みんな各自……ってもう食ってるー!!」

目に入ったのは両手でマドレーヌを頬張る雛乃。みんなもアタシの視線を追って、食いしん坊先生を見つけて大爆笑。

「そんだけ沢山もらったんだから、ちょっとは余裕を持てよ!」

「もうないよ~、そんなの」

クーラーバッグを引っくり返して見せる親友の姿に、もう一度、館内は大きな笑いに包まれた。

こうして、アタシたちのメイク教室は大成功で終わったのだった。

★★★

みんなが食べ終わると、本当の本当にタイムリミット。予定の二時間を消化し終えた。

女の子全員で掃除をして、僕は机と椅子の片づけ。

ヒグラシの鳴き声に送られるように、三々五々、帰っていく生徒さんたちの後姿に、そこはかとない寂寥《せきりょうかん》感を覚える。

お祭りの後は、どうしても感傷的になってしまうね。講師三人も同じ気持ちなのか、ゆるく笑いながら、子供たちを見送っている。

と、浜村《はまむら》さんが近付いてきた。失礼を承知でいうと、意外と素がよかったのか、キチンとメイクをすると見違えるようだ。野暮ったかった一重が、アイプチなるもので二重になるだけで本当に印象がガラリと変わる。

「あの、今日は本当にありがとうございました」

「うん。浜村さん、子供たちにまじってよく頑張ったと思うよ」

「キレイになってるぞ。自信持っていい」

「そうそう～。あとは自分一人でそれを再現できるように、精進あるのみだよ～」

本当に浜村さん、ガッツあるよね。小学生や中学生にまじって、イチから教わるって、やっぱプライドとか色々な物が邪魔して難しかったりすると思うんだけど、それを押してなお頑張ったんだから。

浜村さんは涙ぐんで、何度もお礼を言った後、帰って行った。本当に、ああいう人は報われて欲しい。僕だけじゃなく、星架さんたちも同じことを思っただろう。

「……さ。帰ろうぜ、ウチらも」

洞口《どうぐち》さんが、平坦《へいたん》な声音で僕らを促す。

頷《うなず》いて、空になったクーラーボックスを自転車のカゴに積み込んでいく。スターブリッジ号《ごう》には女子二人のカバンや化粧ポーチなんかが入ってるので、僕のカゴに少し無理くり乗っけた。

「じゃあ、私はお母さんが迎えに来てくれてるから〜。沓澤《くつざわ》クン、マドレーヌごちそうさま〜。星架《せいか》、千佳、またね〜」

重井さんもお迎えの車で帰って行った。ちなみに、チラッと見えた運転席のお母さんは普通の体形だった。

僕たちは自転車で駅へ。今日は夕陽《ゆうひ》が赤々と、力強く照っている。西へ向かうもんだから、眩《まぶ》しくて仕方ない。細めた目で事故らないように慎重に運転するせいで、自然と口数は少ない道中だった。

やがて駅に着くと、洞口さんともお別れ。

「今日、なんだかんだ楽しかったぜ。マドレーヌも美味《うま》かった」

「ありがとうございます」

「んじゃな。また今度遊ぼうぜ。星架もな」

「うん。今日はありがと」

「はい、また」

そうして洞口さんも帰って行った。

僕と星架さんはゆっくりと自転車を漕《こ》ぎながら、東側へ戻る。行きとは逆で長い影を追いかけるように走った。住宅街を走ってる間、豆腐売りのラッパがどこかから聞こえてきて、なんだかノスタルジックな気持ちにさせられた。まだあいう仕事も残ってくれてるんだなって。

僕の家に着いた。自転車を下りて、荷物類を両肩に担いで……

カクンと後ろから引っ張られた。振り返ると星架さんが僕のシャツの裾を無言でつまんでいた。

「大丈夫です。荷物置いてくるだけですから」

「……うん」


また、あの公園に来た。

今度は星架さんの方が先に自販機へ行き、僕の分の飲み物も買ってくれる。お礼を言って受け取ると、ふと彼女が自分の手元のペットボトルを振ってるのが見えた。

「お」

彼女の好きなライチジュースだ。こないだ来た時はなかったハズ。商品の入れ替えか。

「よかったですね」

「まあ常連だかんな。空気読んでくれたんじゃね」

二人で笑い合う。やっと少し調子が戻ってきた感じ。

「はあ～、終わったね」

「終わりましたね。大成功でしたね」

「うん、大成功！」

その言葉に僕は凄《すご》くホッとしていた。言い出しっぺとしては、不安はどうしてもずっとあったから。でも余計なお世話、ではなかったみたいだと知れて、肩の力が抜けた。

「……よかったです」

「……」

「……」

「……なんかさ、あんなにいたのに二人になっちゃったよね」

ベンチの背もたれに体を預けながら、星架さんが言う。僕も並んで座った。

「そう……ですね」

みんな自分の生活があり、帰る場所がある。もしかしたら、もう二度と会わない子もいるかもしれない。一期一会。素敵な言葉ではあるけど、ちょっと寂しさも感じてしまうのは、僕がまだまだ子供だからかな。

「でも……ついセンチになっちゃいますけど、僕らは、すぐまた一緒に遊びますよ？」

僕と星架さんは「またね」が社交辞令じゃないから。

「はは。間違いない……でもそんだけ、名残惜しくなるくらい、楽しかったんだろうな」

「……」

「楽しかった、うん。充実感っていうのかな、凄かった。人が成長する姿を見るのって……胸が空《す》くようなっていうか。グジグジ溜《た》まってたモンがデトックスされたような」

「はい」

「……みんな、純粋にキレイになりたい、可愛《かわい》くなりたいって感じでさ。そうだよな……アタシだって最初はそれだけだったもんな、って」

「原点」

「うん、そう」

一度、ジュースで口を潤して、

「あそこにいた子たちは、アタシの父親なんか知らないし、どうやって席を勝ち取ってるかなんて興味もない」

首を斜め上に、空を見ながら星架さんは言った。

僕はそっと彼女の手に自分のそれを重ねる。すぐにクルッと掌《てのひら》が引っくり返り、指同士が絡み合った。

「……モデルになりたいって子もいた。もしかしたら成長してアタシのライバルになるかも。その時……アタシが不公平な手段で仕事を奪ってしまったらって……でも同時にアタシがいなかったら、あの子、モデルに憧れることもなかったかも」

「……複雑ですね。きっと星架さんが憧れるようなキレイな人たちも、決してキレイなだけじゃないんでしょうね」

「うん。キレイでいるために、汚いこともする。大人になる、仕事で活躍するって、きっと……清濁併せ呑《の》むって言うのかな。そういうのも必要なんだろうね」

「そう……かもしれませんが、僕としてはコネや美貌を、チートのように言うのはどうなんだろうって思います」

「え?」

「時々、星架さん、そういう言い方するでしょ? けどいっつも思ってたんです。じゃあ病気のことは?って。だって生まれ持った物って括《くく》りだったら病気だってそうでしょ? そこでハンデを負わされてるんだから、ご褒美があってもイーブンじゃないですか。なのに、自分に不利な所だけは我慢して、有利な所はチートなんておかしい。自分に厳しすぎる」

「康生《こうせい》……」

少し呆気《あつけ》に取られていたけど、星架さんはややあって薄く笑った。

「今までそんな考え方したことなかったわ。けど、仕事奪われる方からしたら、ここで帳尻合わせすんな、って感じだろうけどね」

「それは……申し訳ないですけど、僕は星架さんの味方なんで」

「ははは。結局えこ贔屓《ひいき》じゃん」

彼女は今度こそ歯を見せて笑った。そして握った手に力を込めて、

「アタシ、続けるよ」

と宣言した。

「憧れてくれる子たちがいる。直接会って話せないから、実感が湧きにくかったけど、フォロワーさん、チャンネル登録者さん、その人たちも応援してくれてんだよね?」

「はい」

「千佳《ちか》も雛乃《ひなの》もついてくれてる」

「はい」

「それに、美貌とかサラっと言ってくれるヤツもいるしな」

「ええ、そこ?」

「そこだっつーの。ドキッとさせんな」

繋《つな》いだままの手の甲を指で突かれる。

「まあ、気張らずやるよ。どう仕事取ったかじゃなくて、どう喜んでもらえたか、そっち重視する。つっても、すぐには無理だろうし、完全にそう思えるほど図太くもない。相変わらず、本職にするのかも未定。またパパからは中途半端って思われそうだけど……でも続けたい。とりま今は喜んでくれる人のために。そして自分自身のキレイになりたいって欲求のために」

「はい。応援します」

「……ねえ」

僕の肩に星架さんの頭がコテンと乗っかる。ヘアフレグランスの甘い匂いがした。

「ありがと……大事にしてくれて」

「はい」

ヒグラシはまだ鳴いてるけど、もう寂しさは感じなかった。

☆☆☆

あの後、家まで送ってもらって、シャワーを浴びてメイクも落として、アタシは自室のベッドに頭から突っ込む。俯《うつぶ》せのまま横を向いて、康生ぬいの短い手足を見て、少し笑った。

「また好きになったんだけど……どうなってんの、これ。底なし沼かよ」

てか、あんだけアタシのこと考えてくれて、慣れないイベント運営まで頑張ってくれて……これでまだ付き合えてないっておかしくね？

付き合うどころか、まだ康生から確実な「異性として好き」のサインみたいなの、ほとんど感じられたことないかも。

「そもそも友達までが長かったし……」

それ以上を望むんなら、更にもう少し待たないとなのか。段々、キツくなってんだよな。てか待たせてる間に、全力でアタシのこと大事にしといて、向こうの恋愛感情だけ育ってないって、そんなんアリかよ。

「いや、ホントに育ってないのか？」

実際、わかんない。なんかフッとした時に、普通に「好きです」とか言ってきそうな雰囲気もあるんだよね。アタシの希望的観測かもしれんけど、あの子、ホント読めんところあるからな。

「はあ～」

まあなんにせよ、こっちの事情でヤキモキさせて、色々と手助けしてもらったんだから……アタシの方だけ待てないとか言って自分勝手に突っ走ったらダメだよね。

……アタシも少し変わってきたのかな。昔だったらグワーッて行ってた気がする。

「つか康生のことばっかだな。仕事のモヤモヤとかどこ行ったんだよ」

不思議なほど、そっち方面は心が澄みきってる。

別に何もかもが解決したワケでもないし、相変わらずコネへの罪悪感もあるハズなのに。中途半端でいる覚悟みたいなのが出来たっていうか。つーか、自分の仕事に割り切れない気持ちや、諦めて妥協してることなんて、きっと誰もがあるんだろうなって。

それでも続けられるのは、大事な人が支えてくれるから。そしてその大事な人に何かしてあげるためにはお金がいるから。アタシはそこにプラスで「仕事は好き」もあるんだから、むしろ恵まれてる方だ。

「大事な人」

今日会って、原初の熱を思い出させてくれた子供たち。でも彼女たちとは、きっと基本的には一期一会。けど本当に大事な人、支えてくれる人は、絶対に一期一会にしちゃダメで。

ここでも結局、同じ結論に至る。

康生が欲しい。友達だけじゃ離れちゃうかもしれない。だからもっと先……頑張ろう。とりあえず明日は、雛と千佳も誘って打ち上げの予定だ。元気な星架《せいか》さんに戻っておいて、安心させてあげないと。

翌日の打ち上げ会は、明菜《あきな》さんの友達がオーナーだという柴犬《しばいぬ》カフェにて。モールの更に南寄り、かなり住宅街に近い立地らしい。最近オープンしたところだけど、中々に盛況とのこと。

ちなみに本日は身内特権で、康生が割引チケットをゲットして、かつアタシたちの分を払ってくれたという神対応。アタシは自分の分を払おうかと言ったんだけど、

「星架さん、頑張りましたから。僕からのプレゼントだと思って、受け取って下さい」

なんて言われて、当然また沼ったよね。どんだけ素敵な親友なんだよって。

もう十分、あのメイク教室を企画・運営してくれただけで、もらいすぎてるのに。

康生と二人で自転車を飛ばして、駅まで千佳を迎えに行く。ロータリーに着くと、ドンピシャのタイミングで千佳が駅舎から出てきた。

「おう」

「おはようございます」

「ういー」

康生以外はテキトーな挨拶。

「クッツー、今日はあんがとな。ゴチになるぜ」

「あ、いえ。僕の急なイベント企画に応えてくれたお礼ですから」

「クッツーが星架のためにお礼って……もう夫婦じゃん」

ふうふ!? またアシスト強すぎるって、千佳のヤツ。

でも、正直ちょっと思った。妻が世話になったから、その友達にお礼って感じで。

「あはは……じゃあ行きましょうか。暑いですしね。重井《しげい》さんも、もう着いてるかも」

意外と康生のヤツ、こういうの愛想笑いでサラッと流しやがるよな。

まあ追及すると墓穴なので、先を走りだした自転車の背中を黙って追いかける。千佳のチャリは長期休みということで学校に置かせてもらってるらしく、駅前を過ぎた辺りで、コッソリ康生の後ろに乗ることに。少し下り坂になってるモールへの道をゆっくり下っていく。そこから道なりに進み、モールも過ぎ、店がいくつか隣り合う通りの一角。とあるテナントビルの前で康生号が止まる。入り口のところに立て看板があって、『2F　柴犬カフェ・T－Dogs』とある。上を仰ぎ見れば、二階部分の窓にも犬の写真と店名が印刷されたステッカーが貼られていた。

康生がビルの脇に自転車を止める。アタシも倣った。

「重井さんはまだっぽいですかね？　迷ってるかも」

雛乃が住んでるマンションからは相当近いから、迷わんと思うけどな。と、噂《うわさ》をすれば影。のしのしと丸い体が遠方から歩いてくるのが見えた。

「お、来た来た。おーい！　こっちこっち！」

「ひなー！　ここ！」

「重井さーん！」

三人で呼ぶと、雛はニッコリと笑った。まあそれでも決して走ったりしないのが流石《さすが》だけど。

ゆっくりしたペースで合流してきた雛と四人で、いざ。二階に上がると、途端に柴犬一色。内装は和風ベースらしく、木造のカウンターの上部に模造瓦の屋根。店内への入り口も障子だった。先にカウンターで受付をしてもらう。若い女性スタッフに康生がチケットを渡し、呆気なく完了。カウンター向かいの壁側にはズラッと柴犬グッズがあって、財布の紐《ひも》が緩みかけたが、なんとか堪《こら》えた。

入る前に犬スタッフの写真、ルールを説明するモニターの順に眺めた。フラッシュを焚《た》いたり、無理にワンちゃんを抱っこしたりとかはＮＧのようだ。

ドリンクが一杯ついてくるというので、ドリップタイプの自販機の前へ。アタシはカフェオレ、千佳はブラック、康生は紅茶、雛乃はイチゴオレを各々選んだ。カップにプラの蓋をつけ、いよいよ入場が許可された。

「じゃあ行きましょう」

康生が障子風のドアを引いた。その後に続いて中へ入ると、

「わん！　わん！」

「きゃんきゃん！」

囲いの中から吠《ほ》えたてられる。黒と赤と白と。全種類いる。吠えてない子たちも遠巻きにアタシたちを見つめていた。う～ん、みんな可愛《かわい》い。

スタッフの誘導に従って、畳張りの上を歩き、テーブル席へ。歩いてく途中、康生のお尻に攻撃してる子がいたけど、当の康生がガン無視で、なんかそれが面白くて女子三人で笑ってしまった。

席に着いてしばらく。

「はあ〜、しかし可愛いなあ」

「おう。意外と乗っかってきてくれるな」

犬スタッフが自分から乗ってきた場合は抱っこオッケーなので、来てくれた時は存分にモフる。手が毛並みに沈んで幸せになるけど、ふいっと行ってしまうので寂しい。柴犬は結構気まぐれだよね。

丸っこい子、細身の子、老犬の子、小さい子。みんな思ったより人懐っこいので、一通りは撫《な》でることが出来たかな。人間のスタッフさんが、それぞれの撫で方のツボみたいなのを教えてくれるので、その通り実践すると、みんな目を細めて気持ちよさそうにしてくれた。

「はあ〜。極楽だよ〜」

丸っこい子は雛に一番懐いてるみたいで、まんまる同士で一帯が非常に可愛い。

「今日はありがと〜、沓澤《くつざわ》クン」

「いえいえ。洞口《どうぐち》さんにも言いましたが、僕からのお礼です。いきなりのお願いだったのに、ありがとうございました」

「なんの、なんの〜だよ〜。星架は私の友達なんだから〜」

「そうだぜ。仮にアンタや星架に頼まれなくても、ウチらが自発的に手伝ってたっつの」

「雛……！　千佳《ちか》……！」

　ああ、本当にアタシは人に恵まれてる。

「まあ今は昨日の話より、柴犬だ。なんせクッツーに身銭切らせてるからな。元は取らねえと」

　千佳の言葉に、あははと康生《こうせい》が笑う。

　アタシもまあ異論はないから、存分にモフモフさせてもらう。首周りの皮をみよ～んと伸ばすのが気持ちよすぎるんだよな。

「あ、コウちゃんが来たよ」

　眠たげな目をした黒柴ちゃん。なんの因果か、コウちゃんという名前で、康生に一番懐いているという。今回も康生に撫でてもらいに来たみたいで、ズボンのポケットあたりを前足でホリホリ。苦笑した康生がヘッドスパみたいに頭の天辺《てっぺん》をつまむように撫で回す。これがコウちゃんの一番好きな撫でられ方だとスタッフに聞いたから、実践してるみたいだ。今度、康生の頭にもあれやってみよう。

　と。

「そろそろお時間です」

　スタッフさんが少し申し訳なさそうに言ってくる。うお、マジか。三〇分、早すぎ。アタシたちは指示に従い、退場。障子ドアの向こうで待機していたカップルさんと入れ替わり。ウキウキした女性の顔に、三〇分前のアタシもあんな顔してたんだろうな、と苦笑する。

「いやあ、癒されたな」

「そうだね～。食パンみたいで美味《おい》しそうだったよね～」

「……」

「……」

「……」

「え？　じょ、冗談だよ～？」

アンタが言うと冗談に聞こえないんよ。

こんな感じで、最後の方ちょっと変な感じになりかけたけど、康生からのプレゼントは無事にアタシたち三人の心を温めてくれたのだった。

ちなみに二次会的に雪崩《なだ》れこんだファミレスで、雛乃《ひなの》が『ふわふわ食パンを使ったハムエッグトースト』なるメニューを頼んでいたのは完全に余談だ。

〈3〉

★★★

打ち上げの翌日。今日も今日とて集まることに。ただ重井さんはお母さんとラーメンを食べに行くとかでパス。星架さんと洞口さんだけ来てくれるらしい。

今日は金曜日。父さんは普通に仕事中。姉さんも大学が夏休みだけど、サークルがあるとかで出掛けてる。母さんはショップ。なんとなく「誰も早く帰ってこないよね?」と不安になって携帯を確認すると、レインが来てた。母さんからだ。

『夕方まで戻んないから、星架ちゃんと思う存分、イチャイチャしなさい』

心を読まれたかのような内容。遊ぶとは言ったけど、我が家でとは一言も言ってないのに……そこも読まれてるみたいで、恐ろしい。

『洞口さんもいるから、何もしないよ!』

反射的に返信してから、「しまった」と思った。この文面だと洞口さんがいなかったらイチャイチャするとも取れる。案の定、すぐにゲス笑いする猫のスタンプが送られてきた。くっ……既読スルーで。

とりあえずスマホをポケットにしまって、リビングのエアコンの設定温度を下げる。そろそろ二人が来る頃だ。と、ナイスタイミングでチャイムが鳴った。

ゾンビのように「あぁぁ」と低い唸《うな》り声《ごえ》を出しながら、玄関を上がる二人。涼しいリビングまで来ると、えびす顔になった。星架《せいか》さんはエアコンの送風口から直撃の場所に陣取り、洞口さんは扇風機に抱き着かん勢いで風にあたり……数分そうして、ようやく人心地ついたという感じだ。

しばらく世間話というか、いかに今年の夏がヤバいかの語彙力合戦みたいなのをやって、一昨日のメイク教室の話なんかもポツポツ振り返って。その途中で、重井さんの話に移って……

「あ、そうだった。ウチらドーナツ買ってきたんだった」

なぜ重井さんの話で思い出すのか、という疑問すら湧かない。

僕もご相伴に与《あずか》れるというので、ありがたく頂くことに。チェーン店の紙箱を開け、大皿に中身を出してテーブルに置いた。

「飲み物は何がいいですか？」

「あ、あんがと。牛乳くれ」

「アタシは紅茶かなあ」

それぞれリクエストの飲み物をグラスに用意して、テーブルに運んでいくと、洞口さんが、その豊かなお胸をテーブルの上に乗っけていた。思わず視線が吸い寄せられて。

あ、と思って慌てて顔を上げると、洞口さんのニヤニヤ笑いと正面からカチ合ってしまう。

「思春期だなあ、康生クンよ。昨日の犬カフェ代がわりに、ちょっとなら触ってもいいぞ？」

「え、ええ!?」

いや、そんなワケには……でもメチャクチャ柔らかそうで……

「こら！　免疫ない子なんだから、からかうな！」

星架さんの助け船。ありがたいような、チャンスを逃したような。

「なんか残念そうな顔してんな？　あ？」

こ、怖い。

「……やっぱアタシも牛乳にするわ」

紅茶は僕が美味しくいただきました。

ちょっとまた僕の部屋は散らかってるから、一階にノブエルを持って下りた。洞口さんに見たいとせがまれたんだ。

「お、おお！　形になってる！　てか進化してる？」

「スロープに溝を彫って走路にして、ついでにミニチュア自転車のタイヤも、実際の走行に適した素材に換えたんです」

僕は言いながら、スロープの坂の途中に生やしている、紙で作ったキノコを手に取る。引っくり返して、小さく開けた吹き込み口に息を吹きかけた。心持ちプクッと膨らんだキノコ。それを元の場所、ここも軽く窪《くぼ》みになるよう彫ってある、にセットし直した。

「す、すげえ！　なんて情熱だ。キノコまで紙で作っちまうとは！」

洞口さんが目を丸くしながら、褒めてくれる。

「まあコンクールに出す作品ですからね。最善は尽くさないと」

最初は溝口号《みぞぐちごう》のタイヤキャップを軸に粘土で成形する計画だったんだけど、ベルアレンジ作品は別に作ることになったから、自転車部品にこだわる必要がなくなったんだよね。

そこで、だったら、踏み潰せる素材で作ろう、と方針転換したのだった。

「これなら……」

坂のもっと上、チャリエルと信長《のぶなが》を乗せた自転車のミニチュア。その前輪手前に閂《かんぬき》のように渡してある、スロープと同色の板をそっと抜いた。輪止めの役割をしていたそれがなくなると、自転車は颯爽《さっそう》と坂を下りていく。

途中にある紙製のキノコを轢《ひ》き殺した。プシャッと空気の抜ける間抜けな音。自転車はそのまま坂を下りきり、やがてウイニングラン。少し進んだ所でスロープが途切れるので、こけないように手で優しく受け止める。

「お、おお～！」

「すごい！」

二人の歓声に、僕は鼻が高くなった。

「メッチャこだわってんな？」

「宮坂《みやさか》の人権さえ諦めれば、これくらい朝飯前ですよ」

つい自慢げに話してしまう。

「簡単に諦めてやるなよ。憲法違反だぞ」

洞口さんのツッコミ。まあ僕なりの、ちょっとした仕返しってところかな。浜村《はまむら》さんのことを思うと、少し罪悪感はあるけど、宮坂本人に嫌なこと言われたのも、見捨てられたのも事実だからね。それはそれ、これはこれ、ってことで。

☆☆☆

「しっかし、すげえよなあ。作りかけの時に見たきりだったけど、こんな完成形になるとはなあ」

千佳が感心したように頷《うなず》き、改めてセットを眺める。

うん、まあよく出来てるよね。まさか動かす仕掛けも用意するとは。

「いいよなあ、こんだけ手先が器用だと失敗とかしねえんじゃねえの？」

「いやいや、そんなワケないですから。完成品しか出さないから、そう見えるだけで、基本、裏では失敗ばっかですよ」

「ほ〜ん、白鳥のバタ足みたいなもんか」

「そうですよ。今回のノブエルにしても、大チョンボやらかしてますからね」

なんだ、その妙に惹《ひ》かれる響きは。

アタシも千佳も、思わず身を乗り出す。

「映像ありますよ。見ますか？」

「映像つきのコントか⁉　見る見る」

「コントではなく、チョンボです」

そう言いながらも康生はスマホを渡してくる。指示されるまま、ギャラリーを開いて最新のムービーを再生させた。

ムービーの最初、康生がノブエルの乗った自転車を手で押さえている場面が映し出される。現在の物より、もっとスロープが鋭角に持ち上げられていた。このまま離したら、かなりのスピードで下まで駆け抜けそうだ。

『3、2、1、0』

カウントダウンの後、ゼロでムービー内の康生《こうせい》が手を離す。案の定、シャーッと凄《すさ》まじい速さで車輪が回り、自転車が進む。

と、そこで。

『あっ！』

自転車はキノコにぶつかり、半端に潰れたそれに乗り上げた。この勢いで溝から外れて乗り上げれば、当然……

『ああっ！』

自転車が宙を舞う。そしてそのまま、和室の障子紙に頭から突っ込んだ。

信長のケツと、自転車の後輪部分だけが見えてる状態で、物の見事にズボッとハマって静止してる。

「え……これ、ぷふっ、あは、はは、ははは！」

ムービーに遅れてアタシたちの理解が追いつき、アタシも千佳《ちか》も爆笑してしまう。いや、これ！　こんなん狙っても出来んて！

『康生！　なにやってんの!?』

ムービーの中で、明菜《あきな》さんに見つかった康生が怒鳴られ始める。それもまたオチがついたみたいな完璧なタイミングで、アタシの腹筋に更に燃料を足す。

「ははは！　あは、あはははは」

千佳が康生の背中をバシバシ叩《たた》いてる。目の端には涙が浮かんでいた。多分アタシも同じ顔してるだろうけど。

「織田《おだ》・チャリエル連合軍がキノコのたった一株に負けたんですよ？　母さんは激怒するし、笑いごとじゃないですよ……」

「あははは、連合軍！」

「だははは、ひとかぶ！」

それから多分、三分くらい。ヒーヒー言いながら、ようやく呼吸が整い始める。

きっとアタシも千佳も今年一年分くらい笑った。あ、でも康生といると、まだまだこんなモンじゃ終わんなそうだよな。来年分まで今年中、いや夏休み中で笑わされるかも。

千佳が立ち上がって和室との間の扉を開ける。アタシもついて行って覗《のぞ》き込んでみると、障子にはスポッと大きな穴が開いていた。

「ぎゃははは。まだ！　穴残って！　あは、ははははは」

アタシも千佳も、もう打ち止めだと思っていた笑い泣きの涙を、もう一度流すことになった。

結論。チョンボのコントだった。

千佳が涙を拭いながら、

「いやさ。やっぱクッツーが真剣に失敗を悔いてるのが、面白さに拍車を掛けるよな」

なおも感想を言ってる。まあ確かに二度目の『ああっ！』は悲しみがこもってて、それが面白過ぎたんだよな。いや、何時間、何十時間とかけて作った物が飛んで行ったんだから、そうなるのは当然なんだろうけど。第三者視点で見てるとクッソおもろい。

てか、千佳がここまで笑ったのって、ちょっと記憶にないかも。すげえな、康生。ママも最初に会った時、メッチャ笑かしてたし。アタシの周りまで笑顔にしてくれる。

「これ、動画サイトとかに上げね？」

「え？　でも特定されたりとか、色々怖い話聞きますから」

「特定ったって、有名人でもあるまいし。それに、こんな少しの部屋の状況だけで……」

あ、いや。こんなん作ってんの、日本中で康生だけだから、コンクールに出したら、バレるっちゃバレるか。

「いっそ物づくりチャンネルとか作ってさ。上手《うま》くすれば広告収入もらえるぜ？」

千佳ナイス。てか、あ、そっか！

「アタシのチャンネルとコラボして、ガンガン推してあげるからさ！　そうだよ！　作ってる途中とか、あのジオラマ系とか絶対ウケるし！　それ動画にして上げて、アタシがツイスタとかで呟《つぶや》いて」

今までなんで気付かなかったんだ。アタシが康生にしてあげられること、あったじゃん！

「どうかな!?」

テンション高いアタシとは対照的に、康生はアゴに手を当てて静かに考えてる風だったけど……やがて頷いてくれた。

「……そうですね。確かに危機管理も大切だけど、何もかも怖がってたら、何も得られないですからね」

そうそう。教室内で話すようになった時もそうだったけど、なんだかんだ案ずるより産むが易《やす》しってことも多いからね。しかしメイク教室でもリーダーシップ執って動いてくれたし、康生もどんどん、いい方向に変わってきてるよな。

リスクを見て慎重になりすぎると、失敗は少ないけど、実りも少ない。リターンを欲してアクティブになりすぎると、得られるものも多いけど、失敗も多くなる。

人生って難しいもんだね。ただもしかすると、康生とアタシはどちらも互いを補い合えるのかもしれない。康生が引っ込み思案すぎる時はアタシが押してあげて、アタシが入れ込んでる時は康生が引っ張り戻してくれて。

そんなことを考えてる間にも、千佳と康生の話はまだ続いていた。

「つーかさ、クッツーん家、ショップもやってんだから、もっとネットでの宣伝も活用した方がいいべ」

確かに、それも一理ある。商売っけのなさが、ある意味では魅力とも言えるけど。

「星架《せいか》のヤツ、無駄にフォロワー多いし、客寄せパンダにすれば役に立つっしょ」

「おいおい、散々な言いようだな……けどアタシのフォロワー、女の子ばっかだからなあ。可愛《かわい》い系の創作家具なんかは興味持ってもらえるとは思うけど」

無骨な木工品の数々にどこまで需要があるかと問われると。武将とか論外だし。

「なんかオリジナルアクセ教えてもらうとか言ってなかったか？　それも動画で上げたらいいんじゃね？」

「ただアタシが作ってもなあ。製作所に売ってないと売り上げにならんし」

「んじゃさ、アンタが作ったのは視聴者プレゼントにして。本格的に技術の粋が詰まったクソ凝ったヤツを一点モノ的な高級感出して、クッツーに作ってもらったら？　ネット販売のインフラは整えんといかんだろうけど」

なるほど。アタシの下手糞《へたくそ》なヤツは、言い方悪いけど宣伝用と割り切って、師匠が作ったもっと凄《すご》いヤツは製作所で買えますよ～と誘導するワケか。悪くない戦略な気がするな。

康生の意見はどうだろう。そう思ってアタシは彼の顔を窺《うかが》ったけど……

「……」

暗い表情だった。思い詰めたような、痛みを堪《こら》えるような。

「康生?」

恐る恐る声をかけてみる。すると、今アタシに気付いたかのようにハッとした。そしてまた暗い表情に戻って、

「……プレゼントはやめましょう」

と異を唱えるのだった。

様子がおかしい。普段の康生だったら、反対意見を言う時はもう少し柔らかい言い方するし、同時に対案とか問題点とかも添えて言う。こんなただ「やめよう」と言うのは珍しい、を通り越して初めてかもしれない。

「なんで? 悪くねえと思うんだけどな。つか、クッツーもさっきまで乗り気だったじゃん? 怖がってたら、何も得られんって」

千佳は康生とそこまで付き合いがあるワケじゃないから、様子が変わったことに気付いてない。普通に疑問に思ったことをズバッと聞いてしまう。そして千佳のセリフの「怖がる」って部分に、康生がピクッと体を跳ねさせたのをアタシは見逃さなかった。

なんとなく例の事情を話せない時の後ろめたさみたいなのを彼から感じ取る。確証があるワケじゃないけど、もしかすると関連があるのでは、と勘繰ってしまう。

「まあまあ、千佳。いきなり全部決めなくてもいいし、そもそもアタシが作ってみたら、

とても人に配れるような出来じゃないかもしれんし」

　アタシはわざと明るい笑いをまぜながら、

「それにガチで動画デビューするんなら、まずは商品紹介とか、先に作んなきゃいけない動画が沢山あるだろうし、そこ終わってからまた考えてもいいじゃん？　まずはアタシが康生と話しておくからさ」

　そんな感じで、少し強引だけどプレゼントの件を有耶無耶《うやむや》にしてしまう。

　千佳もそんなアタシの様子から、何か感じ取ってくれたみたいで、押し黙った。俯《うつむ》き加減の康生を見て、アタシに目で聞いてくる。「どうしたんこの子？」と。アタシは首を横に振った。

　と、ちょうどその時。折よく、玄関扉がガチャガチャと解錠の音を立て、すぐにバンと開く。気圧差で、リビングのドアもガタタと鳴った。

「ただいま～。康生～？　お友達来てんの～？」

　助かった。春《はる》さんだ。康生も少しホッとした顔で、キッチンへ。冷たい烏龍茶《ウーロンちゃ》をグラスに入れてあげてる。自然な所作で、普段からよくそうしてるんだろうなってのが察せる。優しいな。そりゃ春さんも可愛がるワケだ。

「ただいま～。うわ、ギャルが増えてる！」

　リビングに入って来た春さんは騒がしく、さっきまでの空気は霧散した。

★★★

「あ、康生。またそのワケわかんないヤツで遊んでんの？　下でやるなってお母さんに怒られたっしょ？」

姉さんはノブエルを見るや、少し眉をひそめた。和室でやらなければ、障子を突き破ることはないんだけど。っていうか、あれから角度調整は綿密にやったし、キノコごときに再度うっちゃられる可能性はゼロだけどね。

「試運転しただけ。明日もう出しに行くんだよ。横中《よこなか》……東《ひがし》まで」

「マジで行くんだ……」

姉さんが一瞬、泣きそうな顔で僕を見た。だけどすぐ、

「ウチの名前出さないでよ～？　製作所まで変な目で見られたら売り上げに関わるから！」

わざとらしいほど明るい調子で、そんな風にからかってくる。その気遣いがありがたかった。

「へえ。横中東《よこなかひがし》で、そのコンクール？　みたいなのやってんのか」

洞口《どうぐち》さんもケロッと話に加わる。プレゼント案を蹴られたことなんて、もう忘れたみた

いに振舞ってくれて……この人も優しいな。

そして最後に僕は星架さんを見る。少し寂しそうに、だけど優しく笑ってくれていた。

ごめんなさい、ありがとう。けど、そう遠くない未来に、あらいざらい話してしまうような気がする。それくらい、もう彼女は僕にとって……

そんなことを僕が考えてる間に、洞口さんと姉さんが互いに挨拶と自己紹介を済ませていた。どっちも明るい性格だから、放っておくとすぐに打ち解けるよね。

「しかしコンクールかあ。ウチも見に行ってみようかな?」

「アタシも興味あるな」

「じゃあ明日、みんなで行きましょうか。もう展示品もあるハズですから」

エントリー済みの作品は、既に会場に飾られてたりする。締め切り前後の一〇日間、つまり七月二七日〜八月五日を、一般展示期間にあててるんだよね。

当然コンクールごとに評価基準ってマチマチなんだけど、鑑賞した人たちからの票を参考材料にする所も多い。まあ審査員だけで決めてると、肝心のお客さんにそっぽ向かれちゃうかもだからね。今回の会も確かその方式を採用してるハズ。

そんな事情を話すと、星架さんも洞口さんも、「じゃあ展示期間が短いから不利じゃん!」と口を尖《とが》らせた。

「ん、まあ。僕の作品はいっつも固定客さんがついてくれてるというか。賞をもらう目的より、そういう人たちに喜んでもらって、あわよくば高く買ってもらったり、みたいな」

とはいえ、いつも出展している戦国武将関連の物や、幻想風景のジオラマとは毛色の違う作品を今回は出すことになる。一体どんな反応が返ってくるか、僕にも想像がつかないんだけどね。

結局、その日は待ち合わせ時間と場所を決めて、解散となった。まだ明るいけど、最後に一応二人を送っていく。気を遣いすぎだと言われたけど……僕としても、口には出さないものの、感謝のつもりだった。情けない話だけど、やっぱり明日、あそこに行くのに二人がついていてくれることに心強さを感じているから。


翌日、土曜日。父さんが商談のために会場の近くのお宅まで伺うというので、自家用車に同乗させてもらうことになった。どうしても先方の都合で土日しか時間が取れないって場合もあるらしくて、こうして休日出勤することも少なくないんだよね。色んなものを捧《ささ》げて家族を養ってくれていることに感謝感謝だ。

車のトランクにノブエルを慎重に積み込む。ちょうどそれが終わったくらいのタイミングで、星架さんがスターブリッジ号《ごう》でやってきた。

「あ、おはようございます」

挨拶をすると星架さんは僕のシャツに視線を落とした。モールデートの時に選んでもらったヤツだ。

「おはよ。やっぱそれ似合ってるね」

改めて褒めてくれる。よかった。都会に行くからね。星架さんたちと並んで歩いても笑われないようにと着たんだけど、正解だったみたい。

と。星架さんは僕の後ろにいる父さんに視線をやった。

「おはようございます。初めまして。えっと……康生《こうせい》クンの友達の溝口《みぞぐち》星架です」

「……父の芳樹《よしき》です。息子がいつもお世話になっているそうで」

「あ、いえいえ。アタシの方こそ、康生クンには色々お仕事頼んだりしてて……」

「……」

「今日はよろしくお願いします」

「……はい」

父さんはそれだけ答えて、運転席へ行ってしまう。

星架さんに少しだけ困惑した雰囲気があるので、普段からあまり口数の多くない人だと告げると、ホッと息をついていた。ウチの母さんも姉さんもマシンガントークの使い手だから、父さんとのギャップに戸惑ったのかも。気を取り直して。

「さ、乗って下さい」

後部座席のドアを開けて、掌《てのひら》で中を示す。

「なんかお姫様みたいやね」

満更でもなさそうな顔で笑いながら、星架さんは乗り込んだ。

僕も助手席のドアを開け、車内に体を押し込む。僕がシートベルトを締めたのを確認すると、父さんはゆっくりと車を発進させた。

「トランク、気を付けてね。急ブレーキとか急カーブとか」

「ああ」

ノブエルは繊細な作りだから。まあ言われずとも父さんなら分かってるだろうけど。

「……お前こそ、無理はするなよ」

「……うん」

逆に心配されてしまった。口数は少なくとも、それは僕のことを見てないとか、気にかけてないとか、そういうことでは決してないんだ。家族の温かさに、また少し勇気をもらえた気分だった。

車で揺られること一五分ほど。急ブレーキも急ハンドルもなく、無事に横中東《よこなかひがし》の駅前に着いた。

沢見川《さわみがわ》より栄えているのは一目瞭然で、人の多さも比じゃない。駅ビルの壁面看板、入ってるテナントの顔ぶれを見て、僕は少しだけ感傷的になった。

……変わらないな、ここは。

ロータリーから発進する父さんの車を、星架《せいか》さんと二人で手を振って見送ってると、

「あ、お～い！　星架、クッツー」

少し離れた所から、洞口さんが僕らの名前を呼びながら駆け寄ってくる。シャツの生地をグッと押し上げる豊かなお胸がポヨンポヨン揺れて、僕は慌てて視線を斜め上にズラした。

「あっち～わ！　早く来すぎた！」

僕らの前まで来てスピードダウンした洞口さんは、かなり汗をかいていた。今で待ち合わせの七分前だけど、聞けば彼女は一五分前に来ていたそうな。そんな洞口さんに更に立ち話を強いるのも酷なので、僕たちは早速コンクール会場に向かった。まあ会場って言っても大したハコじゃないんだけどね。

実際、少し歩いてその会場までやって来ると、

「「ただの雑居ビルじゃねえか」」

と二人のハモリツッコミが入ったくらいだ。

そんなワケで、駅の東側、少し道が汚いエリアに林立する雑多なビル群のうちの一棟に、ガラス戸を開けて入っていく。廊下を突き当たるとエレベーター。ノブエルを入れたケースを両手で抱えている僕の代わりに、星架さんがボタンを押してくれた。やがて下りてきたカゴに乗り込むと、かすかにタバコの残り香がして、ギャル二人が顔をしかめた。

四階で下りると、すぐに受付のカウンターが見えた。普段はホビーショップのレジカウンターなんだけど、今は展示案内や、出展の受付などに使われている。

「おや、康生クンじゃないか。いらっしゃい」

あくびを噛《か》み殺しながら伸びをしてた店長さんが、腕を下ろして挨拶してくる。

「お久しぶりです」

「いやぁ、そろそろ来る頃だとは思ってたけど……まさか両手に華だなんて」

「え!?」

言われてみれば、第三者からはそう見える状況だよね。

「康生、お知り合い？」

「はい。店長さんです。ここ普段はホビーショップなんですけど、コンクールがある時は、商品とか棚とかどけて、会場にするんですよ。売場は超縮小で」

「うえ!?　それ期間中、大赤字なんじゃねえの？」

洞口さんも会話にまじってくる。

「ウチはね、オーナーの道楽だから。あはは」

店長さんが、あっけらかんと内情を暴露してしまう。

実際、ビルのオーナーが肝いりで開いた店だし、コンクールも然《しか》り。なので開くも閉じるも彼次第。一〇日間ほどの赤字など屁《へ》でもないみたい。つまり、

「神々の遊びかあ」

という星架さんの総括が正鵠《せいこく》だ。

「こういう趣味のコンクールなんて、大概が金持ちの道楽だけどねぇ」

雇われ店長、悟りの境地。

「……それじゃあ、そろそろ」

「あ、ああ、そうだね。エントリー手続きだね？」

「はい」

ネットで事前登録はしてるけど、会場に品を持ち込み、参加費を払って、正式に完了となる。

僕はケースをそっとカウンターの上に置き、店長さんに作品をよく見せた。

「中々のサイズだね」

「はい。全長七〇センチくらいですかね」

「ほう」

店長さんは興味深そうに見つめ、顔を傾けたり、ルーペを出して細かい部分を見たり。

「これは……信長公《のぶながこう》と、そっちのカノジョさんかい？」

「カノジョなんてそんな！」

星架さんが食いつく。ちょっと嬉《うれ》しそうに見えるのは……流石《さすが》に気のせいじゃないよね？

「なるほど、カノジョさんが出来て、その影響で」

「あ、それはちょっと、濡《ぬ》れ衣《ぎぬ》っていうか」

と思ったら、あっさり裏切られた。カノジョではないけど、実際、星架さんに再会してからの記憶が混ざり合った感じの夢だったから、影響受けてるのは間違いないんだけどなあ。

「ま、まあとにかく、確かにエントリー承ったよ。ありがとうございます」

最後にエントリー代を支払って、無事に受付を済ませた。微々たる額だけど、イタズラ出展防止には参加費を取るのが一番効果的なんだよね。

「見ていってもいいですか？」

「ああ、どうぞどうぞ」

店長さんの許可を得て、三人で店内へ続く通路を進む。

両隣の二人の顔をチラリと窺《うかが》った。ワクワクした様子で、期待に目が輝いてる。無理もない。未知の作品に出会うのって、本当に心が躍るもんね。

僕も彼女たちの背を追いかけ、そのワンダーランドに足を踏み入れるのだった。

そして。入っていきなり超力作とエンカウントした。非常に精巧に細部まで作り込まれた鳳凰《ほうおう》像。翼を広げているので一メートルは超えてそう。今にも動き出しそうな迫力だ。

「すっげえ。何時間かかってんだろ」

洞口《どうぐち》さんが感嘆の溜息《ためいき》まじりに言う。

「どんぐらいでしょう。社会人の方が働きながら、コツコツ年単位かけて作ってたりするんで……その情熱に触れるだけでも、僕にとっては来る価値があるんですよね」

技巧だけじゃなく、そういう面からの刺激も、こういった催しの魅力だ。

「このフロアは写実的な作品、技巧で勝負するタイプの作品をまとめて置いてあります」

僕がジオラマを出す時はこっちだ。

「へえ。なんか、単体の像とか、ジオラマとか、ごちゃまぜだけど？」

「部門で切っちゃうと、参加数が減っちゃうんで。個人が主催する、ホントに小さなコンクールですからね」

たまに絵を出す人もいるからね。オーナーは面白ければよしの姿勢なので寛大に受け入れている。

「シュール系だろうが、写実的だろうが、ジオラマだろうが、フィギュアだろうが、絵だろうが。心の琴線《きんせん》に触れるものに貴賤《きせん》ナシって感じで全部受け入れてて。僕もすごく共感する理念です」

二人が少しポカンとした顔で僕を見てる。ハッ！　いわゆるオタク特有の早口で一般の人を置き去りにした図じゃないのか、これ。

「す、すいません。つい語り入っちゃって」

「……いや、いいと思う」

「だな。なんか羨ましいまであるわ」

二人とも笑ってくれる。よかった。引かれたりしてなかった。

その後、四階を突き当りまで進みながら、展示物を見て回った。城の木彫り、金の懐中時計なんかも面白かった。こういう場は初体験の二人も、時間を忘れて一つ一つ食い入るように見ていた。

その背を見守りながら、僕まで嬉しくなる。自分の好きな物に友達が興味を持ってくれるってのはいいものだ。久しく忘れてた感覚。

「五階も行ってみるか」

と、気付いたら全部回り終わってたみたいで、洞口さんが階移動を提案してきた。

「そうですね。でも五階はそれこそカオスですよ。なんていうか」

まあ口で説明するより、見せた方が早いか。僕は行き止まりの鉄扉を開けて、階段を先導して上がる。

そしてやってきた五階。個性豊かな展示品の数々が僕らを出迎えた。ロボットのプラモから、巨大ぬいぐるみ、さっき言ったような絵も飾られてる。ちなみに、かなり前衛的。

「うわ、マジだな。統一感が全くない」

「あ！　もうノブエル飾ってもらってるじゃん」

僕らが四階を見てる間に、店長さんがエレベーターで上がって、飾っててくれたみたいだ。

「結構いい位置」

通路の真ん中あたり。左隣は抽象画。右隣も額縁に入って飾られてる。それをよく見てみると、

「お！　マジクルのキャラだ。これは塗り絵？」

星架さんの言う通り、見覚えがあるキャラクターだった。確か主人公の親友みたいな位置づけの子だったような。

「いえ、ちぎり絵ですね。色のついた和紙なんかを、ちぎって台紙に貼り付けていくんです。パズルみたいで面白いんですよね」

「へえ……なんか独特の味があんな」

洞口さんも、その魔法少女の絵を覗《のぞ》き込む。およそ三〇センチ四方の小サイズだけど、中々の完成度だ。マジクル、今なお愛されてるんだなあ。

「こういうの見てるとウチも何か作ってみたくなるな」

「あ、やってみますか？　ちぎり絵は簡単ですよ」

「む。アタシも！」

仲間外れにされるとでも思ったのか、星架さんが僕の腕を取る。可愛《かわい》いなあ。そんなことするワケないのに。

「しかし……確かに無秩序ではあるけど、一つ一つは割と普通だよな」

「まあ今年は僕の叔父が参加を見送りましたからね」

「へえ。クッツーの叔父さんも参加者だったんだ」

「はい。でも今年は忙しいみたいで」

去年は叔父さんのエントリー作品がカオスデザイン賞を受賞してた。けど今年は、『鼻の頭テカリンピック』の方に集中したいってことで、参加を見送ったんだよね。

その後も、色々と面白い作品を見つけては笑い合ったり、作り方を教えたりしてるうち、時間が流れていった。

四階に下りて、店長に挨拶。

「楽しかったです。観覧料もオマケしてもらって、ありがとうございました」

エントリーしてる僕は無料なんだけど、その連れ合いということで星架さんと洞口さんの分もマケてくれたんだ。つくづく商売っけがない。

「うん。また来てよ。ピタッと来なくなったから、康生《こうせい》クンどうしたんだろうって心配してたんだから」

店長の言葉に、ドクンと一つ心臓が跳ねた。去年まではコンクール期間以外の、つまりホビーショップのお客さんでもあった僕。でも……

「はい。またお邪魔します」

僕は作り笑いを浮かべて、社交辞令を返した。

エレベーターのカゴを待つ間、僕はそっと星架《せいか》さんの顔を窺った。何かに気付いた様子はない。胸を撫《な》で下ろしかけて……でも、ずっとこのままじゃダメだと思った。星架さんがメイク教室で一歩進んで、モヤモヤに立ち向かったのと同じように、僕も……

☆☆☆

横中東《よこなかひがし》はアタシも千佳《ちか》もほとんど下りたことがないから、あまり何があるか知らないけど、

「あっちに行くと、濃厚たまごプリンの有名なお店がありますね」

意外にも康生が詳しい。

「へえ、クッツーここら辺、庭なん？」

「あ、いや、その……」

言い淀《よど》む雰囲気に、また彼の陰を感じる。これは助け船を出した方がいいかな。と思い

きや。

「中学がここら辺だったんです」

え!? 今までも一度か二度、中学の話になったことはある。けどその時は決まって、

「……あまりいい思い出はないですけど」

こう言って追及をかわされてたんだ。なのに自分から話題にするなんて。

「ん? なんで? 嫌なヤツでもいたん?」

千住つええ! でもまあ、そっか。アタシと違って、康生の好感度をビクビク窺う必要がないもんな。いや、それにしたって、踏み込むか? 流石に今度こそヘルプ入らんと。

そう思って口を開きかけたアタシを、けど康生が切なげに見てくる。え? なに?

「……似たような感じですね。だから、あんまり長居したくなくて」

驚いた。まさかもう一歩踏み出してくれるとは。

……康生も変わろうとしてるのかな。だけどそこで言葉が止まってしまう。何かもう少しだけ話そうとしてるみたいだけど……

アタシは千住に目配せして、立ち止まる。そして康生の前に回って、そっとハグしてあげた。背中をポンポンと優しく叩《たた》く。

「ゆっくり。ゆっくりでいいからね。話したい所までで」

子供に話すようにして、背中をポンポンし続ける。すると、康生の体から徐々に強《こわ》ばり

がなくなってきた。信頼を勝ち得ている確かな実感……は今は置いといて。

「星架さん……」

通行人たちが怪訝《けげん》そうな顔でアタシたちを抜き去っていく。だけど恥ずかしさよりも、康生を慈しみたいという想《おも》いの方が遥《はる》かに強い。距離を取って他人のフリをする千佳は後で説教だが。

「星架さん、僕は」

康生が更に口を開きかけた時、

「あ、あれ？　く、沓澤《くつざわ》クンか!?」

「ホントだ！　え？　メッチャ可愛い子と！　え！　マジで!?」

通行人の中から足を止めて、康生を指さす二人組が現れた。

「え？」

康生がスッとアタシから離れて、そっちを見る。

「白石《しろいし》クンと……持田《もちだ》クン」

メガネをかけた真面目そうな男子と、色黒でスポーツマン風の爽やかイケメン。

康生も知ってるってなると……

「わあ、久しぶりだね。学校いきなり来なくなったから、何があったんだろうって心配してたんだよ」

「どっか外部の高校受けたって、先生から聞いてたけど」

この口ぶり……やっぱり中学の同級生か。康生が極力、話題にもしなかった中学時代。いい思い出はなく、嫌なヤツがいたとさえ言った、その期間に交流があった人間。噂《うわさ》をすれば影とは言うけど、なんという偶然だろう。

と、イケメンの方が、アタシに視線を向けた。

「けど、まさか……そういうタイプの人と遊んでるなんて」

あまりに予想外な光景で、つい口に出してしまったという感じだろうが、アタシは頭にカッと血が上るのを自覚した。

「てめえらより何倍もマシだろうが。詳しくは知らんが、康生を傷つけたんだろ。そんなてめえらに」

「星架さん、落ち着いて！　持田クンじゃないですから！　白石クンも違うと思う！」

今度は康生が逆にアタシの前に回り込んで、両手を押さえ込むように握ってくる。けど、まだ怒りが収まりきらない。この二人じゃないけど、確かに康生を傷つけやがった同級生はいるってことじゃねえか。

「持田クンも……彼女は見た目こそ遊んでるように見えるかもだけど、凄《すご》く誠実で仲間想いなんだ。今、僕のために怒ってくれたみたいに」

「う、うん。ゴメン。そっちのギャルの方も、すいませんでした」

持田クンが謝ってくる。

アタシはそこで、スッと頭が冷えた。これは……勇み足だったな、多分。宮坂《みやさか》の時とは違って、悪気があったパターンじゃない。やらかした。

てか、半分くらい私怨だわ、これ。アタシの見た目で、康生を堕落させてる輩《やから》と思われた。つまり彼の隣に相応《ふさわ》しくないって言われた気がしてカチンときたんだと思う。

けどすぐに康生が、あの他人にあまり強く言えない康生が、アタシの名誉のために抗議してくれた。そのことが余裕を生んで、こんなにすぐに冷静になれてる。単純にも程があるな。

「アタシこそ、勘違いでキレて悪かった」

元クラスメイトの二人に謝る。メガネで色白の方、白石クンが少し驚いた顔をする。なんだよ。冷静にさえなれれば、謝れる人だよ、アタシは。

「でも驚いた。そんな可愛いカノジョさん作ってたなんて」

あ、いいヤツかも。

「そうだ。今度さ、またご飯でも行こうよ。みんなでよく行ってたラーメン屋、学割始めたんだよ。沓澤クン好きだったよね？」

「ああ、いいね。行こう行こう。灰塚《はいづか》たちも呼んでさ」

その言葉にピクッと康生が肩を震わせ、次の瞬間にはアタシの手を握って歩き出した。

「ちょ、ちょっと？」

「ゴメンだけど、行かない。もう僕には星架さんがいるから」

普段だったら飛び上がって喜ぶところだけど、今は完全に依存ないし逃げ道として名前が挙げられたのが分かる。いや、アタシとしては全然それでもいいけど。

なおも二人は何か言いたそうだったけど、足早に去るアタシたちを追いかけてまでは来なかった。

★★★

僕はもう彼ら二人の顔を見たくなくて、過去から逃げ出したくて、半ば競歩のようなスピードで歩いていた。途中から星架さんがついて来れなくなったので、手を離して一人で歩く。

「康生、待って！」

「星架、クッツー」

早歩きの僕を星架さんが小走りで、更にその後ろから洞口《どうぐち》さんが走って追いかけてきている。けど僕は二人に構う余裕がなくて、ただひたすらに歩いた。そうして駅舎に入って、やっと立ち止まった。振り返る。追ってくるのは彼女たち二人だけ。白石クンたちはついてきていない。

そこでようやく、僕は大きく息を吐いて冷静さを取り戻した。と同時、自分の情けなさに拳を握る。あれから一年近く経《た》とうとしてるのに、未《いま》だに元クラスメイトの顔を見ただけで、言葉を交わしただけで、このザマだ。

「康生！」

追いついて、僕の腕を強く摑《つか》む星架さん。焦った顔、荒い息遣いに、罪悪感がこみ上げる。

「……ゴメンなさい。急に」

頭の冷静な部分が、「なんでもない、大したことじゃない」と取り繕おうとしている。心配をかけたくない。そして情けないところを見せたくない。

「ううん……全然いいんだよ。ホーム行こっか？」

もう遊ぶ雰囲気ではなくなってしまった……よね。僕は洞口さんの顔を見る。彼女の最寄り駅はもういくつか西側。つまり僕らと遊ぶために、わざわざ出てきてくれたんだ。なのに。

「気にすんなよ。貸し一つってことで」

男前に笑う彼女もまた、星架さんに負けず劣らず優しい人だ。

洞口さんと別れ、僕ら二人はホームに下り、待合室に入る。休日の昼下がり、みんなどこかで遊んでる時間帯ゆえか、幸いにも中は無人だった。

「……」

「……」

エアコンからの送風が、首筋の汗を優しく撫でていく。隣には星架さんが座り、僕の手をそっと握ってくれている。隔離された空間。外の音も何も聞こえない。

……人心地ついた、という感じだった。

「僕、星架さんに聞いて欲しいです」

「え？」

「いつかは話したいって思ってて……でも勇気が出なくて」

臆病な僕は何かキッカケを欲していた。けど、今日こうしてそのキッカケを得て「話したい」という欲求の質が変化してるのに気付いた。

信頼の証《あかし》として、あるいは星架さんの家庭環境だけ一方的に聞いてしまった後ろめたさから、話すことで肩の荷を下ろしたいんだとばかり、自分でも思っていた。

でも少し違った。

今はただ純粋に、星架さんに聞いて欲しい。僕のことを知っていて欲しい。情けないところを見せたくないって気持ちは変わらずあるのに、同時にそんな情けない僕を受け入れて欲しいって欲求も、矛盾しながら確かに存在しているんだ。

僕は星架《せいか》さんの顔を見る。優しく気遣わしげな表情。無理しなくても大丈夫だよ、と目が語っている。だけど僕はその温かなぬるま湯から、一歩踏み出す決断をした。

「……きっと聞いてて楽しい話ではないです。それでも僕、星架さんに聞いて欲しいんです」

星架さんは驚いて軽く目を見開いて、そして次に母さんみたいに優しく微笑《ほほえ》んでくれた。

僕はその笑顔に大きな安心を得て……やがて自分の過去を語り始めた。


…………………

……………

……


僕はかつて中高一貫の進学校に通っていた。横中東《よこなかひがし》駅から徒歩一〇分の好立地に、実力のある教師陣によるハイレベルな授業がウリで、それなりに競争率も高い所だった。

だけど僕はその狭き門をくぐり抜け、学舎の門を叩くことが出来た。母さんは大喜びだった。有名国立大も狙えると、気の早い話もしていた。僕としてはまあ、なんとなく母さんの期待に応えといた方がよかろうというくらいの志望動機だった。まあ当時はまだ製作所を継ぐかどうかもよく考えてなかったから、とりあえず偏差値高いとこ入っとくに越したことはない、とも思ってたけど。

一年、二年は何事もなく過ごした。男子校だから、青春の甘酸っぱいアレソレは皆無だったけど、同性しかいない気楽さは、それはそれで悪くはなかった。

転機が訪れたのは、三年生も半ばを過ぎ、文化祭のシーズンを迎えた頃だった。

「沓澤、お前んち、木工屋なんだってな?」

クラスの少しだけ不良っぽいグループの連中が、そんなことを聞いてきた。進学校でもこの手の輩はいるらしい。

「う、うん」

三年になって初めて同じクラスになったヤツらで、僕は内心で苦手意識を持っていた。

「文化祭さあ、道具類、頼ってもいいか?」

なんだ、そんなことか。僕はホッとしたのを覚えてる。

「うん、いいよ。家から持ってくる」

僕は勘違いしていた。てっきり工具を貸してくれという話だと思ったのだ。

だが、蓋を開けてみれば、劇の大道具、小道具、その全てが僕ひとりの担当になっていたのだった……

男子校の文化祭となると、女子にいいカッコウ見せるとかもないもんで、純粋に苦役に近い。ノリのいいクラスならまた違うんだろうけど、それでも一、二年の気楽な学年だけだろう。

三年だと、高校進学時のクラス分けが決まる大きなテストがある。少数だけど外部を受験する生徒もいる。つまり、忙しいんだ。文化祭なんかにかかずらってる暇はない。

そこで彼らが考えたのが、時間のかかる作業を誰かに押し付けるという方法。ただこれだけだと、教師に言い訳が立たないので、自分たちは劇の中堅くらいの役どころにシレッと収まったようだ。これなら、自分たちもちゃんと参加して己の役割で手一杯ですよ、と誤魔化せるライン。実際、僕の仕事量を一〇〇とすると、彼らは五〇〜六〇といったところだろう。上手《うま》くやられた。

もちろん僕の仕事を手伝ってくれようとした人も何人かいた。持田《もちだ》クンなんかは特に。ただ彼もルックスのよさから、劇の主役を任されていて、それこそ僕と同じくらい大変だったと思うから、気持ちだけもらって、断った。

すると今度は僕が手伝いを断ったという話だけが独り歩きして、「なんだ、自分だけで十分だって言うなら、もう任せるわ」って雰囲気に一部でなっちゃって。

嫌われたとまでは言えないけど、工作関連では気難しい、というような誤解は生まれたと思う。そして実際、他の人が作るより遥《はる》かにクオリティの高い物を仕上げてしまったのも、それに拍車をかけた。

そんな折だった。ふとしたキッカケで学校の匿名掲示板なるものがあることを知った。

……よせばよかったのに、僕はそのサイトを探し、そして見つけてしまった。

もちろん、匿名掲示板の怖さは知識としてはあったけど、仮にも僕の通う場所は進学校。

ある程度の節度があると信じていた。そして何より、孤立まではいかないけど、ごく薄い透明なベールを隔てたような、微《かす》かな疎外感を感じるようになった教室。その裏に表面以上の悪意がないことを確認したかったんだ。僅かな希望に縋《すが》って。

だけど……そこで僕は見てしまった。

『うちのクラスは便利な大工がいるから』
『マジで助かるよな。手伝おうとしたら断られるらしいぜ？　よっ！　職人さま！』
『マジで!?　そんなヤツいんの？　ウケる。文化祭の出し物ごときでプロ意識たけぇ』
『草』

そんな一連のやり取り。鼓動が速くなって、息も浅くなる。

そこでやめておけばいいのに、僕はなおも画面をスクロールした。この流れに「そんなこと言うもんじゃない」と善意の制止をかけるコメントを探して。

だけど、そこにあったのは、更に僕に追い討ちをかけるような残酷なコメントの数々だった。

『それ、武将とか作ってる人？』
『そうそう。もらったことあんだけど、メヌカリで売ったら、結構いい額で売れたんだよね』
『マジ？　俺も欲しいな。普通に言って、くれる系？』

『そいつの従兄弟《いとこ》の口利きだともらえるとか聞いた覚えが……』

僕はようやく、そこでスクロールを止めた。いや、止めたと言うより、それ以上進むことが出来なかった。ポタ、ポタとマウスパッドの上に涙の粒が落ちて、手が震え、視界が滲《にじ》んで画面が見えなくなった。

僕の原初の熱、プレゼントした人が笑顔になってくれる、その喜び。丸ごと否定された気がした。

僕だってフリマサイトは使う。素材を安く買う時なんか重宝してるくらいだ。だから厳密には彼らを責める資格はないのかもしれない。

「だけど……誰かが心をこめて作った物かどうかは……分かるでしょ」

声が震えて、涙の雫《しずく》が更にマウスパッドを濡《ぬ》らす。

それでも真実を知っておかなければいけない。僕はメヌカリに飛んで、それらしい物を探す。三件見つかった。うち二件はほぼ確実に僕の作だった。二〇センチ程度の本体写真の下部、台座に小さく小さく彫った『K・K』、つまり僕のイニシャルを確認した。

そこからの数時間は、あまり記憶がない。ただ生まれて初めて、自分が作りかけている物を故意に壊したことだけは覚えてる。拳よりも遥かに胸が痛かった。

翌日、僕は重い足を引き摺《ず》って、なんとか登校した。教室に近づくにつれ、吐き気がした。それでも父さんが汗だくになって働いてもらってる学校だからと、歯を食いしばって行った。

恐る恐る戸を開け、中に入ったが、数人が挨拶してくるだけで、教室内は特に変わりはなかった。考えてみれば当たり前のこと。僕が掲示板を見たなんて誰も知る由はないんだから。けど裏を返せば、僕が知らないのをいいことに、あんな悪意に満ちた書き込みをしたヤツがいるということなんだ。

クラスの内情を深く知っているだろう書き込みもいくつかあった。恐らく、この中に犯人がいる。

「……うっ」

吐き気が強くなった。表面上は笑顔で挨拶してくるヤツがほとんどだ。だけどその笑顔の仮面の下には、侮蔑の笑みが隠れているんだろうか。そう考えると、もう、クラスメイトたちの顔を見るのも怖かった。

だけど僕は一つだけ確かめなきゃいけないことがあった。

あの例のメヌカリの出品、その容疑者の一人、灰塚《はいづか》。

クラスのお調子者みたいな立ち位置のヤツで、別にカースト上位とかじゃない。むしろ下位寄りで、例の少し不良っぽいグループにイジられて道化のように笑いを取るタイプだ。猿顔で、手足も細いので『サル』なんてニックネームをつけられていたりするくらい。

そしてそのニックネームにちなんで、豊臣秀吉《とよとみひでよし》の木彫りをリクエストされ、贈ったことがある。

彼とは一年の頃もクラスメイトだったので、その時に贈った物だった。いわゆる作り始めの時期だ。当然、今作るより完成度は低い。作った僕にしか分からない独特の粗さ、拙さがあった。そしてそれを、あの出品の写真に見て取ったのだ。ちなみに商品紹介のページに台座が映った写真がなく、イニシャルの有無は確認できなかった。

正直に言うと、六〇％くらいだと思ってる。特徴はあくまでも僕の主観でしかないし、当時の僕じゃなくても、慣れない人が彫れば似たような粗が出るかもしれない。

あともう一つ。あの時期に秀吉をあげた人が他にもいたか、よく覚えてないこと。

僕の悪いクセだ。作って渡して、喜んでもらった後、すぐに次の創作に興味が移ってしまう。

……だから確かめることにした。

灰塚とはそれなりに話すし、幸い、特に苦手意識はなかった。彼がクラス内で自分を下げる立ち回りをしていたのがきっと大きかったんだろう。僕みたいな陰キャ寄りの人間でも、特に気負わず話せるというか。

他のクラスメイトたちと話し終え、授業前にトイレに立った彼を、僕は追いかけた。廊下で追いつく。

「灰塚」

「ん？　沓澤《くつざわ》？　なに？」

「昨日さ、大道具の製作の関連で工具を整理してて、ふと思い出したんだけどさ……一年の頃、僕、灰塚に木彫り像あげたよね？」

僕は油断なく灰塚の様子を観察する。彼はそっと視線を窓にやった。

「どう……だったかな？　何人かもらってたから、俺もくれ、みたいなノリで言ったかも？」

言葉を選んでる雰囲気を感じた。失言を恐れてるような。

「もしかして返して欲しいとか？」

「あ、いや、そういうことじゃなくて。誰に何あげたか整理しようかなって、それで」

僕の方がしどろもどろになってしまう。後から思えば、現物を返せと言ってしまうのも手だったのに。その時の僕は一度あげた物を、今になって返させるなんて恥ずかしい真似《まね》は出来ない、という気持ちで一杯になってしまっていた。

「……ふうん？　じゃあ今度探しとくよ。今はちょっと忙しいからさ」

それだけ言って、灰塚はトイレに行ってしまった。

僕の気のせいかもしれないけど、普段より冷たい態度に感じられた。彼のようにクラス内で上手く立ち回る人間は、人間関係の変化に敏感だ。僕が今、微妙な立ち位置であることも関係してるんだろう。

さっき少しだけ視線を逸《そ》らしたのも、言葉を選んでる風だったのも……転売の後ろめたさから、か？

ただ全部、僕の主観のみの話だ。なんらの証拠もない。そして多分、僕の話術では彼から言質《げんち》を取るのは、ほぼ不可能に思えた。本物の道化師よろしく、彼はきっと隠すのが上手い。

そこで、不意に。今まさに立っている床が崩れ去るような錯覚を感じた。クラスの友達に裏切られているかもしれない。仮にそうでなかったとしても、丹精こめた贈り物が今どこにあるかも分からない、そんなレベル。僕がこの学校で過ごした三年近くの歳月は、一体なんだったんだろう。

いや、そもそも友達だと思っていたのは僕だけ、というオチか。三年で築き上げた物なんて、最初から何もなかったのかもしれない。

「杳澤、授業始まるぞ？」

廊下に突っ立っている僕を、次の授業の教師が訝《いぶか》しげに見ていた。

僕は教室を振り返る。全く知らない場所のように思えた。ここに僕の居場所はない。そういう確信だけがあった。教室内のクラスメイトたちの顔を思い浮かべる。誰をどこまで信じればいいのか、裏切っていない人はどれだけいるのか、僕の悪口を書いたのは誰なのか。そして転売をしたのは誰なのか。本当に灰塚なのか。

そこでハッとする。灰塚が仮にクロだったとして、まだいるんだ。三件中、残りの二件は僕の作が確定してる。けど両方とも信長《のぶなが》だから、あげた人が多くて絞れない。

僕はどこにいるかも分からない亡霊でも探すように、左右前後、首をあちこちに振った。学校中に敵が潜んでいるような錯覚に囚《とら》われていた。

「く、沓澤？　お前、顔が真っ青だぞ」

言われるまでもなく、自覚してる。僕は吐き気を堪《こら》えきれず、慌ててトイレに駆け込んだ。心配してついてきてくれた先生が、

「今日はもう早退しろ。連絡とかは俺がしといてやるから」

と背中をさすってくれた。僕は先生の言う通りその日は早退して……そしてそのまま二度とあの学校に登校することはなかった。


………………

…………

……


「あとは作りかけの小道具たちをキッチリ仕上げて、まあ意地ですねこれは、そしてそれを父さんに届けてもらって……」

意外にも話し出すと、するすると言葉が繋《つな》がって、気が付けば、ほとんど全てを話し終

えていた。

「三年の秋だったから、外部受験は大変でしたけど……でも、あそこに通い続ける根性はありませんでした。なんせ大半がエスカレーターですから」

高校に入っても同じ顔触れだ。とてもじゃないけど耐えられそうもなかった。

「これで大体……起こったことは全部ですかね」

メグルのこととかは話してないけど、まあそこは彼の名誉のためにも最初から黙っとく気だった。

僕はふうっと大きく息を吐いた。

泣いてしまうんじゃないかと思って、情けない顔を見られたくなくて、星架《せいか》さんの方を見ずに、ホームの線路側を真《ま》っ直《す》ぐ見て話していたけど。自分でも不思議なほど、心は平静だった。

でもきっと、月日が悲しみを洗い流してくれた後の凪《なぎ》じゃなくて、未《いま》だ傷口ごと凍らせてるような状態だと思う。

「なにそれ」

「え？」

僕はようやく星架さんの方を向いた。宮坂《みやさか》を相手した時よりも何倍も激しい怒りの表情だった。

「アンタ、先帰ってて」

「え？　え？　どこ行くんですか？」

星架さんはバッグを乱暴に肩へ掛け、待合室のドアへと歩いていく。

「決まってんでしょ？　そのクソ中学に文句言いに行くんだよ！」

ええ!?

「ちょ！　ちょっと待ってください！」

僕は彼女の腕を摑《つか》んで、慌てて止める。半開きのドアに体をねじ込んで、なんとか後ろから抱き締める。

「離せ！　止めんな！　てかアンタもやっぱ来い！　なに泣き寝入りしてんだ！」

「……っ！」

そんなこと言ったたって！　なんの証拠もないんだ。灰塚にしたってグレーのまま。結局、ヤツの家に秀吉があるのか、ないのか、分からずじまい。それとも、それを確認できるまで、あの教室に残って踏ん張れって言うのか！　星架さんは強いからそれが出来るかもしれないけど！

「離してってば！」

なおも大声で叫ぶ星架さん。凄《すご》い力で前に進んでいく。引きずられるようにして、待合室を出た。

その先に待っていたのは……

「お客様？　少しお話、伺いたいのですが？」

緊張した面持ちの、二人の駅員さんだった。

離せと大声を上げる女性を後ろから羽交い締めにする男。そんなの見かけたら、まあ駅員さんとしては無視するワケにもいかないということで。

結局、星架さんからの必死の釈明もあり、僕の痴漢容疑は晴れたけど、痴話喧嘩《ちわげんか》なら家でやれ、というようなことを遠回しに言われた。全くもってその通りで、僕ら二人はホームの端で縮こまり、次の電車が来ると、逃げるように乗り込んだ。

「しかし、マジで腹立つな」

もちろん駅員さんのことじゃなく、

「なんとかして特定できんもんか？　怒鳴り倒してやらんと気が済まん」

僕の中学時代のクラスメイトたちの方だ。

先程までの弾丸のように飛び出す勢いはなくなったものの、火種はまだ胸中に燻《くすぶ》っているみたいだ。

「無理ですよ……教師側に見つかったのか、今はその掲示板も消えてるみたいですし」

高校に入って一度だけ、まだ存在するのか検索したことがあった。けど結果は今言った通り。

僕は少しだけ笑った。星架さんが僕以上に怒ってくれるから、それだけで救われた気持ちになる。

「ありがとうございます。話してよかったって、心からそう思います」

「康生《こうせい》……」

「それに、意外ともう大丈夫なんです。だって僕には今度こそ大親友が出来たんですから」

電車内だけど僕たちはずっと手を繋いでいた。その手に少しだけ力をこめる。

「友達の定義すら崩れていた僕を、星架さんが救ってくれたんです」

あの事件以来、二、三回、一緒に遊んだだけで簡単に友達だと言える神経が分からなくなった。かつては自分も友達認定なんて、その程度の緩さだったのに。

「……救うなんて、そんな大それたことしてあげられてない」

「そんなことないです。普通の人より遥《はる》かに重たい友達を受け入れてくれた。散々待たせたうえで、快く」

それがどれだけ僕にとっての救いになったか。言葉では表しようもない。

だから僕は、手を繋いでるだけじゃ足りなくて、少しだけ身を寄せる。座席の上で肩が触れ合った。

そのまま彼女の体温を感じながら、電車に揺られ、沢見川《さわみがわ》に帰った。

取り留めのない話をしながら家路を歩く。コンクールの作品群への改めての感想とか。洞口《どうぐち》さんへの埋め合わせ、どうしようかとか。プリン食べ損ねたね、とか。

日常に呑《の》み込まれていく。凍らせた傷ごと。

これでいい。もう大したことないじゃないか。乗り越えられる。だって僕には星架さんがいる。その彼女にこれ以上の心配をかけて、恥を晒《さら》してまで、解凍する必要はない。

やがて製作所への曲がり角まで来た。そこでゴロゴロと遠雷が鳴る。

「やべえ、降ってきそう」

西の空から、今にも泣き出しそうな雨雲が、僕らを追いかけてきていた。

☆☆☆

家に帰り着いて、シャワーを浴びると、ベッドに頭から飛び込んだ。うつ伏せのまま、ゆっくりと息を吐く。

「ついに……話してもらえた」

けど、なんか、上手《うま》くは言えないんだけど。あれだけ時間がかかった割には、すごく淡々と、淀《よど》みなく話すもんだから……いや、ホントなんだろう。言語化しづらいんだけどさ。

なんか、まだ康生の一番奥の奥まで届いてないような。考えすぎかなあ？　少なくとも身内以外で、あの話を聞いたのはアタシだけ、とは言っていた。つまり間違いなくアタシは信頼を得ている。それで十分じゃないのか。

友達だからってなんでも話さなきゃいけないワケじゃない。それはその通り、今でも同じ考えだ。でも。なら恋人、いや夫婦だったら？　それは他人の距離感じゃダメだ。悲しみも共に背負う覚悟で踏み込まないと。

「アタシは……」

その覚悟、持てるだろうか。煙たがられてもなお、話して分かち合ってくれと、詰められるだろうか。

拒絶されたらと思うと、怖い。話したところまでが話せるところ。それ以上は踏み込まないで、ということだったら。

「様子をよく見といてあげよう」

あるいは本当に彼の言葉通り、アタシの存在がある種の救いになって、独力で過去を振りきれるのかもしれない。もしそれなら、きっとアタシは見守るのが正解だ。

アタシを支えに康生が強くなれるんなら、こんなに嬉《うれ》しいことはない。依存だと人は言うかもしれないけど、それがどうしたって感じだ。

ただもし、まだ自分だけでは消化しきれない想《おも》いがあるのなら、その時は……踏み込もう。嫌わないでと切に願いながら、それでもアンタの力になりたいと言おう。

「大丈夫」

怖さは当然あるけど。あの暴走ですら、アタシの情の深さゆえと、悪く捉えることはなかった子だ。情のこもった行動なら、必ず汲《く》み取ってくれる。

「つか、そんな優しい子をさ……」

思い出したように怒りが湧いてくる。康生の優しさにつけこんで、ふざけたことしやがって。

「全員、地獄に落ちろ」

康生に仕事を押し付けた連中も、掲示板で陰口叩《たた》いたヤツらも、転売しやがった何人かも。

「クソッ」

何か殴りたい気分だ。だが生憎《あいにく》、部屋を見回しても目につくのは、康生が丹精こめて作った宝物たちだけ。

仕方なく枕に拳を打ちつけた。

ああ、この気持ちを共有したい。

アタシは千佳《ちか》の電話番号にダイヤルする。あ、そうだ。放置してたこと、まずは謝らんと。

「おう、どした？」

ツーコールで繋《つな》がり、いつもと変わらない声が聞こえた。色々思うところはあっただろうに、おくびにも出さない。千佳のこういうところ、素直に美徳だと思う。

「うん、まず今日はゴメンな？」

「いいって。今度、アンタの旦那にお菓子でも作ってもらうわ」

「ん。伝えとく」

康生ならむしろ喜んで作りそうだから、あんま借りの返済にはならん気もするが。

「……で？」

「うん、実はさ」

千佳には話してもいいと、康生から許可をもらってる。というか向こうから言い出した。千佳だけ帰らせたこと、気に病んでたんだろう。

なのでアタシは、ある程度かいつまんで話した。今後もアタシを介して二人の交流は続くだろうし、なら千佳にも知っておいてもらった方が何かと都合がよさそうだし。

「なるほどなぁ……昨日、視聴者プレゼントに反対してたのは、そういうトラウマがあってのことか」

アタシが作ったアクセ配布案に関しては、ファンオンリーだし、転売のおそれはかなり低いだろうけど。

「星架《せいか》が自分と同じように傷つくかもって思ったんだろうな」

あ、そっか。そういうことだよな。アタシの心配を……

「アタシ、とりあえず様子を見ようと思って。帰りとかフツーだったからさ。けどフツー過ぎるのが引っ掛かるっつーか」

「ああ、そうだな。案外、ガチで傷ついてる時って、心が蓋されるっていうか」

「うん」

分かる気がする。どっか他人事《ひとごと》みたいに俯瞰《ふかん》になるっていうか。

「しかし星架も変わったよな」

「え？」

「以前だったら、後先考えず凸ってたんじゃねえか？」

「んなこと……」

あるかもしれない。

「クッツーと交流するようになって、大人しい人との距離感を学んで、一旦立ち止まって考えるってことが出来るようになったと思うぞ」

「そうなのかな」

自分ではあまり自覚はないけど。

「クッツーもアンタに影響されて少しずつ前向きになってるのと同じで。人と人が交流すれば、おのずと互いに影響を与え合って、小さく緩やかに変化していく。夫婦が似るのはそういう理屈だろ」

夫婦。素晴らしい響きだ。

「って、しんみりしてる場合じゃないんよ。とりあえず康生の方は、注意深く見ておいてあげるとしてさ……中学のクソ野郎どもに何かしてやりたい。ムカついて仕方ねえ」

「はは。そういうところは変わってねえな……いいと思うぞ。今度、作戦会議するか」

ビデオ通話でもないのに、親友が悪い笑みを浮かべているのが手に取るようにわかった。


事態が急転したのは、翌日のことだった。アタシがそろそろ康生の様子を見に、製作所に行こうと靴を履いてる、ちょうどその時だった。

アタシの携帯に着信。画面を見ると春《はる》さんの名前。何度か沓澤《くつざわ》家にお邪魔するうちに番号は交換してたけど……珍しい、というか電話がかかってくるのは初めてだった。

「もしもし」

「星架さん！　そっちに康生行ってない？」

挨拶もなしに、いきなり息せき切った質問。面食らってしまう。ただその尋常ではない様子に、アタシもすぐに何かイレギュラーが起きたのだろうと悟る。

「いや、来てない。康生、どうしたの？」

「今朝、用事で出かけたハズなんだけど、向こうには行ってないみたいで、それで！」

「え⁉」

まとまりを欠いた春さんの言葉。だけど要点だけは拾えた。つまり行方不明……ということか⁉

「スマホは？　繋がらないの？」

「いや、電源が入ってないの。切ったのか充電がなくなったのか……と、とにかく星架さんもすぐウチに来て！」

「わ、わかった！」

大慌てで玄関を飛び出す。出かける直前だったのが幸いした。

エレベーターが上がってくるのも待てず、マンションの階段を駆け下りる。そのままの勢いで駐輪場へ駆けこむと、即座に自転車に跨《また》がった。

「康生……」

ハンドルを握る手が汗で滑りそうだ。車輪が回転するたび、アタシの頭をよくない言葉がグルグル回る。蒸発。事故。あるいは……

「ないから！　あるワケないから！」

たっぷりと愛情を注いでる家族がいる。好きな物づくりだって、まだまだこれからだ。

あと……アタシだっているじゃん。大事にするって、親友だって言ってくれたじゃん。そんなアタシを残していなくなるような、薄情な子じゃないよ。

　大丈夫、大丈夫。

　でも。昨日、やっぱり目を離すべきじゃなかったのかな。もっと一緒にいてあげた方がよかったのかな。雨が降る前に帰った方がいいって言われて、すんなり受け入れずに、迷惑承知でいっそ泊まるべきだったのか。一人になりたいのかな、とか遠慮せずに、踏み込むべきだったのか。

　いや、今更悔いても仕方ない。起こったことは変えられない。今できることは、一刻も早く杳澤家に合流して、状況を把握することだ。焦るな。短慮を起こすな。

　そう自分に言い聞かせながら、アタシはスターブリッジ号《ごう》を酷使した。

　チャイムを鳴らす前に、既に玄関扉が開けっ放しで、そこからちょうど芳樹《よしき》さんが出てくるところだった。目が合うと、軽く会釈をして、そのまま家の裏手に消える。車を取りに行ったんだと思う。

「星架さん！」

　芳樹さんの後に出てきた春さん。彼女のこんな焦った顔は初めて見た。

「とりあえず中で詳しいこと説明するから上がって」

なものので挨拶とする。


「うん」

春さんに続いてリビングに入ると、明菜《あきな》さんも少し不安げな顔で座っていた。その隣、何故《なぜ》かメグル君もいた。旧交を温めるような間柄でもないので、お互いに軽く目礼のようなもので挨拶とする。

「星架ちゃん、来てくれたんだね」

「はい。こんにちは、明菜さん。それで……康生《こうせい》は」

「それがね。この子のお父さん、つまり康生の叔父さんなんだけど……」

明菜さんは隣に座るメグル君の肩に軽く手を置く。

「その人が今、横中《よこなか》で開かれてる、鼻の頭テカリンピックの予選に出てるんだけど、その応援に康生も行くことになってたの」

鼻の頭テカリンピックが鬼ほど気になるけど、今はそれどころじゃない。意志の力で強引に聞き流す。

「けど二時間以上前ね。その叔父さんのスマホに、康生から体調不良で行けなくなったってメッセージがあったらしいの」

「……それで僕たちも心配してコウちゃんに電話してみたんですけど、繋がらなくて。それに待ってても全然帰ってこないから」

明菜さんに続いて春さん、メグル君が状況を説明してくれる。

「警察とか」

　二時間半くらい帰らないだけで大袈裟《おおげさ》とも思うけど、体調不良も絡んでるなら楽観視はマズイ。特にこの時期、熱中症で命を落とす人だっているんだから。

「今はまだ。あの子も小さな子供じゃないんだから……そのうち、ひょっこり帰ってくるんじゃないかとも思うし。ただこの暑さでしょう？　だから主人に横中《よこなか》まで車で行って、駅とかで倒れてないか見てきてもらって。春たちが今から、家から沢見川《さわみがわ》駅までの道を捜索に出かけるところだったの」

「でも体調不良って言っても、昨日もゴロゴロ言うだけで結局雨も降らなかったし、また風邪ってこともないよね……星架さんから見て、何かおかしな感じとかなかった？」

　探るような春さんの目。今思えば、横中東《よこなかひがし》に康生が行くと言った時、彼女が泣きそうな顔をしてたのは、例のトラウマを心配してのことだったんだろう。それでも信じて送り出した……まではいいけど、翌日にこの有様。家族も体調不良と、心理的なファクターの両面から疑ってるのか。そしてそれはアタシも同じで……

「ハッキリと断言は出来ませんけど、もしかすると心の問題かも。その、実は昨日、康生、アタシに話してくれたんです。中学時代のこと」

　と打ち明けた。

「「……っ！」」

三人とも目を見開いて驚いていた。やっぱりアレを話してもらえるのは相当特別なことなんだな。

「昨日、横中東《よこなかひがし》で元クラスメイトの二人と会ったのがキッカケで」

そうしてアタシは昨日の顚末《てんまつ》を手短に話した。


家から駅までの道のりを自転車で走りながら慎重に捜す。電柱の後ろ、木陰、店舗の裏側。コンビニの店内も外から覗《のぞ》き込んで確認する。また折を見て、康生がスマホの電源を入れ直してないかと、電話してみるのも忘れない。

手分けして捜してたけど、やがて全員が合流してしまう。顔を見合わせただけで、全員が戦果ナシと知れる。そしてみんな、この暑さで顔が真っ赤だった。少しだけ休憩を取ることにする。

「星架さんの言う通り、心の問題なのかもね。横中《よこなか》方面にもう一度行くのが怖くなったというか。それで直前で……」

「そんな感じかなって。もちろん仮病とかじゃなくて、本当に電車乗ろうとしたら気分が悪くなったんだと思う」

アタシと春さんで推論を交わし合う。そして二人ともほぼ同じ見解で落ち着いた。ガチのヤバい急病とかではないだろう、と。少しだけ安堵《あんど》。アタシは自転車にまたがったまま、木陰で顔の汗を拭う。このハンカチ、もう拭ける所がねえや。

と、そこへ、さっきから黙っていたメグル君が近くにやって来た。

「……あの、溝口《みぞぐち》さん」

「ん？」

改まった様子でアタシの顔を見ている。そして、そのまま頭をペコリと下げた。

「以前は失礼な態度を取って、すいませんでした」

「え？　あ、ああ。体育祭の帰りのことか」

「はい。その、コウちゃんから聞いたなら分かると思うんですけど……」

「うん。アタシが康生の技術を利用して金儲《かねもう》けしたりする輩《やから》かもしれないって思ったワケでしょ」

人は見た目じゃないって言うけどね。あれだけ傷ついた康生の傍《そば》に派手な髪色で耳に何個もピアスつけてるようなんがいたら……そりゃ警戒する気持ちは分かるよ。持田《もちだ》クンにも同じような反応されたしな。

「そもそも僕が発端で、人のこと疑えた筋合いじゃないのに。本当にすいませんでした」

「発端？」

「え？」

「ん？」

少しの間、お互いの顔を見つめる。そんなアタシらに春さんが口を挟む。

「多分、メグルのこと話してないんじゃないかな。康生は」

「ああ、そうか……コウちゃんは優しいもんね」

諦めたように目を伏せるメグル君。アタシは何が何やらだったけど、やがて彼は顔を上げ、自分から話してくれた。

「僕もあの中学に通ってるんですけど、コウちゃんが三年生の時、僕は一年生でした。それでクラスメイトに三年の先輩が従兄弟《いとこ》だって知られて……僕も自慢したくなって。コウちゃんは凄《すご》い技術者なんだよって」

悄然《しょうぜん》とした表情で話を続けるメグル君。

「それで……作ってる物を画像で見せたら、こんなの作ってどうすんの？　みたいなこと言われて」

もはや泣きそうだ。

「僕、言ってしまったんです……お金になるんだぞって」

ああ、それは……

それ以上は言いにくそうなメグル君に代わって、春さんが引き継ぐ。

「当時はまだ康生も、武将は売ってなかったんだけど、非売品として売り場に飾ってたんだよ。そして、それをどうしても売って欲しいっていう、熱烈な戦国武将マニアのお客さんがいて……」

　で、売ってあげたと。そしてその話を知っていたメグル君が、思わずこぼしてしまい、それが悪い拡《ひろ》がり方をして、転売の商材として目をつけられた。そういう事情らしかった。

「……軽蔑しました、よね？」

「いや……確かに無理に張り合う必要なかったというか、言わせたいヤツには言わせときゃよかった話だとは思う。どうせそのクラスメイトも完成度にビビッて言った負け惜しみだろうしな」

「はい、今となってはそう思います」

「でもまあ、一三歳の子にそこまで考えて立ち回れってのは酷だよ。それに何より、結局は転売しやがったヤツが一番クソなんよ」

　そこは揺るがない点。それにさ、アタシも情による暴走を許してもらったけど、康生からしたら、このメグル君の失言も似たような捉え方してると思うんよね。だってアタシに話さなかったってことは、そういうことだと思うから。

「溝口さん……」

「けど、そういうことならアタシはもう要警戒って扱いじゃないいんだ？」

　微妙に話題を逸《そ》らしてやる。

「はい、それはもう。だって、そんな汗だくになりながら走り回って、捜してくれてる人が、コウちゃんの敵なワケないし、それに……」

「それに？」

「さっきからスマホ確認しては泣きそうな顔してるのも。どう見たって、コウちゃんのこと大好きなんだなって」

「あ……う」

思わぬ反撃。

けどメグル君は別にアタシをからかおうという意図ではないみたいだ。春《はる》さんはニヤッとしてるけど。そんなアタシたちの様子には気付かずに、メグル君は真面目な顔で続けた。

「ここからは思い当たる場所を各々で手分けして捜してみましょう」

「うん」

「もし溝口さんが見つけたら……コウちゃんのこと、どうかお願いします。きっと……コウちゃんが一番見つけて欲しいのはアナタだと思うから」

その言葉を合図に、三人とも束《つか》の間《ま》の休憩から、再び灼熱《しゃくねつ》の太陽の下へ戻るのだった。


状況を整理しよう。

まず、恐らくだけど、動けなくなるほどの体調不良って線は薄いと思う。それだと駅から家までの間のどこか、今さっき辿《たど》った道順のどこかで、見つけられているハズだ。大きくルートを逸れる場所で休めるほどの余裕がない想定だからね。
で。見つからなかったワケだから、アタシとしてはやっぱり横中《よこなか》方面に行くことへの忌避感が軽い体調不良を引き起こしたって線が濃いと睨《にら》んでる。まあ昨日の今日だし、無理からぬことだと思う。しかも昨日の二人はシロと断言するような相手だったのに、それでもあの調子だった。じゃあ、その灰塚《はいづか》とかいうヤツや康生に仕事を押し付けやがった連中に電車内なんかで会ってしまったら、と悪い想像をしてしまえば、足が動かなくなるのも分かる。

叔父さんとは前々から応援に行く約束してたらしいんだけど、タイミング最悪だよな。てかなんなん、鼻の頭テカリンピックって。絶対しょーもないヤツでしょ。いや、落ち着け。今それはどうでもいいから。

アタシの推測通り心の問題だとしたら、それが落ち着くような、つまり安らげる場所にいるハズなんだ。

「康生が安らげる場所……合戦場の跡地……歴史資料館……城」

うーん、どれも違う気がする。人がいない場所だよね、間違いなく。

「意外と……普通に工場《こうば》とかショップにいないか？」

今週は休業の方の日曜日。誰もいない店内で木工品に囲まれて……ありそう、か？

「いい。とにかく、思いつくの全部当たろう」

冷静に考えて振舞ってるつもりでも、ジリジリと心の奥底から影が這《は》い上がってくるような錯覚に囚《とら》われている。影の名前は不安や恐怖。いや、もっと正確に言うと、最悪の想像、だ。

ふと。パパの知り合いの奥さんが、フラッと投身自殺したという話を思い出してしまった。普段の生活で思い悩んだ様子もなく、強いて言えば、前日に学生時代のアルバムを見たことくらいしか、思い当たる節はなかったと言う。その奥さんは学生時代にトラウマがあって、それがフラッシュバックしてしまって衝動的、突発的に、最悪の選択をしてしまった。そういった推測が周囲ではなされたそうな。

そんな衝動が、康生《こうせい》にも……

「だから、ありえねえって！」

例の幹線道路の長い信号に引っかかり、じっと待つ間に、どんどん影が這い上がってくる。押し潰されないように、強くハンドルを握った。

沓澤《くつざわ》家にようやく到着。インターホンを鳴らした。連絡係として残っていた明菜《あきな》さんが扉を開けてくれる。

リビングで、出された冷たい烏龍茶《ウーロンちゃ》を一気に飲み干し、玉の汗を拭った。

人心地つくと、明菜さんにアタシの推測を話す。「灯台下暗し。あるかも」と彼女も明るい表情を見せてくれた。すぐに鍵を持ってきてくれて、二人で工場とショップを見回る。だけど両方とも空振り。

「ぬか喜びさせた形になってしまって、すいません」

「いいのよ、そんなの。必死に考えて駆けずり回ってくれた結果でしょ。感謝こそすれ……謝られたらこっちがいたたまれないから」

明菜さんも心配だろうに、アタシへの気遣いも忘れない。

「けど、本当にどこ行っちゃったんだろう。こんなこと、今までなかったのに」

「……その。聞きにくいんですけど、中学を不登校になった後も、こういうのは」

「なかった、なかった。引きこもり、とまではいかなかったけど。外に出て人に会うのが少し怖い感じじみたいだったから、必要最低限しか外には出なかったよ」

「……」

「横中東《よこなかひがし》……自分から行くって言い出したから、乗り越えられたのかなって……思ってたんだけどね。まだ早かったのかなあ……もっとよく見てあげておくべきだった」

それはアタシも同じ気持ちだ。アタシは特に一番近くにいたのに。

「ねえ、星架《せいか》ちゃん。どこか康生の居場所、心当たりない？」

「え？」

家族でも、こんな事態は初めてだと言ったばかりなのに、他人のアタシじゃ当て推量すら……

「なんとなくなんだけど、あの子、星架ちゃんに見つけて欲しいんじゃないかなって」

明菜さんの真剣な目に射抜かれる。メグル君にも同じこと言われたけど、本当なんだろうか。昨日、全て話してもらって、それでこの有様なのに。

「どこかない？　星架ちゃんと二人の思い入れのある場所とか、深い話をした場所とか」

その言葉に考え込む。モール……はないな。ウチのマンションのエントランスホールも、ちょっと考えづらい。じゃあ残りは……

「公園」

ピンと、頭の中に豆電球が光った。

「え？」

「明菜さん、アタシ行ってきます！」

「え？　ちょ、ちょっと!?　公園？　星架ちゃん!?」

悪いけど、振り返る余裕はなかった。自分で思っている以上に、心に影が落ちていたんだ。

早く！　早く見つけたい。どこにも行かないように捕まえて、抱き締めて。影を振り払って、慰めて、叱って……

アタシは弾丸のように玄関を飛び出し、自転車に跨《またが》った。

★★★

ただぼんやりと雲を眺めていた。ソフトクリームみたいな入道雲が、真っ青な空をゆっくり東へ泳いでいる。地上は無風の灼熱地獄って感じだけど、上空には風が吹いてるんだなあ。

「行けなかったなあ。テカリンピックの予選」

別にあの催しに思い入れがあるワケじゃないけど、叔父さんとの約束を破ってしまったのが申し訳なかった。

行ける、つもりだったんだ。昨日のことは昨日のこと。というか二日連続で元クラスメイトに会うなんて、そうそうない確率だし。そう思ってた。けど、駅の改札をくぐることが出来なかった。ピッとICカードをかざすだけの、その動作が出来なかった。

あっち方面の電車に乗れば、クラスメイトじゃなくても、あの学校の生徒の誰かに会うかもしれない。教師や職員に会うかもしれない。そこまで広げたら、確率はグンと上がる気がして。先生が敵だったとは思わないけど、それでも「久しぶりだな。今の学校は上手《うま》くやれてるのか？」って聞かれるのを想像しただけで、とてもとてもしんどかった。

「なにが、一人で乗り越えられるだ」

自分が見えてないにも程がある。

「乗り越えられるどころか、振り出しに戻ってるじゃないか」

学校に行けなくなった日と同じ。足が出ない、あの感覚。背中がヒンヤリして、夏だというのに、指先が震えた。例の吐き気がして、気が遠くなった。

ショックだった。一年近く前の最悪の状態は脱したハズだったのに……

「……弱いなあ、僕は」

あざ笑うかのようなアブラゼミの合唱に、頭をグワングワン揺らされてるみたいだ。目をつぶる。家族の顔が浮かんだ。母さん、父さん。姉さん、メグル。叔父さん、叔母さん。みんなに迷惑をかけて、期待を裏切って、僕は逃げ出した。

そして一年近くの時間をもらって、今日やってることは前と同じ、逃避行。まるで成長がない。

「かなり酷《ひど》い顔してるだろうな。このままじゃ……帰れない」

また心配をかけてしまう。

「今、何時だろう」

あまり遅くなると、そっちで心配かけちゃうか。

僕はスマホの側面に親指を伸ばし……ん？　あれ？　点《つ》かない。

「あ、そっか。充電切れ」

昨夜、残量を確認して、後で充電しておこうと思ったハズなのに。忘れちゃったんだ。

そっか。もう昨夜の段階で、平常心を失ってたのか。

自分の心の弱さに愕然《がくぜん》とする。そして、唐突に、こんなことを思った。

こんなに弱くて、これから先、どうやって生きていけるんだろうか、なんて。ふ、と。

「死」という一文字が脳裏をよぎった。バカバカしい。こんな一時の感傷で。そう思う気持ちとは裏腹に、その黒い影に背中を押されているように錯覚した。このまま身を委ねてしまえば、それは甘美なことのようにも……

「康生!!」

「……っ！」

セミの合唱すら突き抜けるような大声に、僕はハッと気を確かにする。変な方向に考え始めていた。引き戻してくれた、その声の主を慌てて探す。あ、公園の入り口か、と振り返った時には、その人は自転車を乗り捨てるようにして、猛然と駆け寄ってきていた。

銀に輝くミディアムヘアを振り乱しながら、あっという間に僕の目の前まで来ると、

「このアホ！！！　バカ康生！！！」

あらん限りの声で怒鳴った。ビクッと僕の体が跳ね、唐突な音の奔流に思考も停止してしまった。

そんな僕を、しかし今度はギュッと潰れそうなほどに強く抱きしめてくる。え？　え？

どういうこと？　何も分からないまま、だけど次の瞬間、僕の頬に温かな水がかかる。雨、じゃないよね。こんなに晴れてる。

「どんだけ心配かけさせせんだよ……」

星架さんの声が震えて、裏返っている。そこでようやく、頬に当たる水分は、彼女の涙だと分かった。

「そんな、ちょっと寄り道しただけで……」

「アホ！　だからアホだって言ってんだよ！　三時間も。体調不良っつって、音信不通になって、こんな炎天下で！　心配するに決まってんだろ！」

「さ、三時間!?」

そんなに経《た》ってたのか。何もせず、ただ雲を見てただけなのに。

「それに、アンタ、昨日のこともあって！　思い詰めてんじゃないかって！」

そんな大袈裟《おおげさ》な、とはきっと言えないんだろうな。星架さんの声が聞こえるまで、自分が何を考えかけていたか。

「みんなも心配して、捜し回ってる」

少しずつ、星架さんの声量も落ち着いてくる。だけど僕を捕まえている両腕はきつく体に回されたままだ。

「そう、だったんですね」

「そうだったんだよ。何回も電話したのに出ねえし」

「すいません、スマホも充電切れてるの、今さっき気付いて……」

星架さんは少しだけ僕の拘束を緩めて、自分の目元の涙を拭った。僕はその姿に、不意に鼻の奥がツンとした。こんなに心配してくれてる。それが嬉《うれ》しくて、だけどこれ以上、甘えるワケにはいかないと、グッと歯を食いしばった。そして笑う。安心させたくて。

だけど、星架さんは、僕のその笑顔を、

「笑うな」

完全に否定した。

「え？」

「アタシは……アンタが自分で作った物の話をしながら笑ってる顔は好き。アタシのこと気遣いながら優しく笑ってるのも好き。千佳《ちか》や雛乃《ひなの》に押されて、困ったように笑ってんのも可愛《かわ》いくて好き」

星架さんはそこまで言って、グッと眉間に皺《しわ》を寄せた。

「けど今の、ホントは泣きたいくせに無理して浮かべてる作り笑いは……見ててムカつく！」

「……」

「臆病者！」

「なっ!?」

「怖いんだろう？　自分の感情を出すのが」

「そ、そんなこと」

星架さんはなんで、こんなこと言うんだ？　僕の味方なのに。友達なのに。

そうして僕が混乱しているうちに、

「まだ泣き寝入りか!?」

昨日のあの言葉をもう一度言われた。カッと頭に血がのぼるのを感じた。泣き寝入り。やられっぱなし。弱虫の象徴。気になってる女の子からは、一番言われたくない言葉。そして真実。それが悔しい。

「仕方ない……だろ」

「ん？」

「仕方ないじゃないか！　みんながみんな、星架さんみたいに強くないんだ！　僕みたいなのは黙ってジッと耐えて、周りに心配かけないように笑って、なんでもないよって！　そうしてやり過ごすしか！」

「バカ言うな！」

遮られる。なにが違うんだよ。バカ言ってるのはそっちじゃないか。

「アタシが強いだぁ？　何を見て言ってんだ？　アタシは困ったことがあったら、千佳にすぐ相談する。ママもパパも頼る。雛乃のお肉を触って癒される。アンタにだって、それこそ何度も心配も世話もかけただろうが！」

星架《せいか》さんが僕の肩をグッと摑《つか》む。その両目から、またポロポロと涙が零《こぼ》れだす。だけど、それでもなお、瞳には射抜かれるような強さが宿っていた。

「アタシが強いってんなら、それは周りを頼れるからだ！　アンタが弱いのは、自分をさらけ出して周りに頼れないからだよ！」

「……っ！」

何か反論しようとして、何も言葉が浮かんでこなかった。多分、いや、間違いなく彼女の言う通りだ。

「……怖くて何が悪いんですか。せっかくまた出来た友達にカッコ悪いとこ見せて、迷惑かけて、嫌われたりしたらって、怖くなるのが、何が悪いんですか！」

「全部悪いに決まってんだろ‼」

星架さんが更に手に力を込める。肩に痛みが走る。

「アタシはアンタのなんだ？　言ってみろ！」

「友達だって言ってるじゃないですか！」

「ちげえ、親友だ！　嫌われるだぁ？　ナメてんじゃねえぞ！　アンタを裏切った友達モドキと一緒にすんな！」

「……」

「アンタがどんな無様さらしても、アタシは離れねえよ！　離れてやるもんか！　こっちは八年前から追っかけてきてんだぞ！」

「でも、こんな……直接ひどいこと言われたワケでもないし、暴力振るわれたワケでもないのに、逃げ出して！　一年近く経ってもこんなザマで！　誰が見たって弱いですよ、情けないですよ！」

僕もついに堪《こら》えきれなくなって、唇が震える。泣きたくないのに。

「何も情けなくなんかねえよ！　アンタがどんだけ熱意を持って物づくりしてるか、アタシは知ってる。いや、アタシだけじゃねえ、アンタの周りの人はみんな知ってる！　そんな魂こめたモン、知らんところで茶化されて、勝手に売り飛ばされて、辛《つら》くないワケないだろ！」

最初は星架さんは僕を怒らせたいのかと思っていた。けど、違う。ただただ、彼女は素直な本音をぶつけてきているだけなんだ。

「いいか？　こんくらいで、とか。他の人と比べて弱いだの、強いだの、そんなん関係ねえんだよ。だって他の人はアンタじゃない。そんなん言うヤツがいたら言い返してやれ。オマエ、僕と同じくらい情熱をこめて何か作ったことあんのか？って。それを友達ヅラしたヤツに裏切られて転売されたことあんのか？って」

今度は一転して、僕の顔を自分の胸の中にかき抱く星架さん。柔らかくて温かい彼女の肌に、僕は嗚咽《おえつ》が漏れそうになって、グッと堪えた。

「あとな、カッコ悪くもねえぞ、康生《こうせい》は。最後まで劇の道具作りあげたんだろう。意地っつってたな？　カッコいいじゃんか。一度受けた依頼は、たとえ不本意な経緯だったとしても、やり遂げる。技術者としての誇りだ。本当にカッコ悪いのは、アンタを傷つけた連中の方だよ」

傷ごと凍らせていた、その過去が肯定されていく。今初めて気付いた。ずっと、ずっと、僕はこういう言葉が聞きたかったんだ。

そして頬とおでこに柔らかい唇の感触。男女のそれとは少し違う。母が子を慈しむようなキス。

「なあ、康生。アタシはアンタに迷惑もかけたし、心配もさせた。それでも全部、許してくれたし、誠意ばっかり感じてたよ？　怖いけどすっぴんまで晒《さら》せたのは、アンタのこと信頼できたから。そこまでアンタが誠実に積み重ねてくれたから」

目頭が熱い。

「なのにアタシだけアンタのために何も出来ないの？　親友なら対等じゃないとおかしいでしょ？」

もう一度、こめかみの辺りにキスされる。

「迷惑かけてよ、心配させてよ。素顔、見せてよ。絶対、絶対に見捨てないよ。裏切らないよ」

もう。もう限界だった。

「あ、あああぁぁぁ！」

僕は星架さんの胸に縋《すが》りついて、赤ん坊のように哭《な》いた。

☆☆☆

「辛かったです……誰も、信じられなく、なって……」

泣きじゃくりながら、アタシの胸に顔を擦《こす》りつける康生。アタシはその背を優しく撫《な》でながら、黙って聞いている。

「高校に入っても、ずっと一人で……」

「ゴメンな。もっと早く見つけてあげられてたら」

アタシの言葉に、康生は激しく首を横に振る。

「星架さんには、感謝じか、ないでず」

「こらこら～、鼻水つけるなよ？」

そう言いながらも、アタシの方が康生を離さない。愛《いと》おしくて、愛おしくて、仕方ない。

「……寂しくて、けど裏切られるくらいなら一人がよくて」

落ち着いてからでいいよ、と言いかけたけど、考え直した。きっと今の勢いのまま、もう全部吐き出したいんだと思う。その方がいいか。アタシは遮らず聞くことにした。

「でも、星架さんに会って、最初は怖かったし、いきなり撮られて、ビックリしたけど」

やっぱ怖がらせてたのか。ごめんね。

「けど……僕の作った物を褒めてくれて、それで嬉しくなって。単純すぎて笑っちゃうけど」

「んーん。だってそれが原動力だったんでしょ？」

例えが悪いけど……いわばガス欠を起こしかけてたんだ。自分が作った物で誰かが笑顔になってくれる、それがこの子の心の燃料なんだから。

アタシはまた少し泣きそうになる。誰かの笑顔を待ち望みながら、だけど怖くて手を伸ばせなくて、ひとり肩を落としながら作っていたんだ。健気《けなげ》、を通り越して切なすぎるよ。

「星架さん……」

また胸の中に顔を埋《うず》めて、康生が甘えてくる。はは。付き合えるまでは、安売りして触らせないとか思ってた過去のアタシに見せてやりたいな。

「……だから星架さんが、お金を払うって言ってくれた時、すごく嬉しかったんです。でも同時に、クラスメイトからお金を取るなんてって思って。そんなの、アイツらと同じだって」

「康生、それは違う。絶対違う」

アタシはつい遮って、硬い声で否定した。

「自分の技術の対価と、他人の技術の成果の転売は、同じお金稼ぎでも違う。全然違う」

「はい。クラスメイトとお金って関係性にナーバスになりすぎて、視野が狭くなってたんです」

なんだ、よかった。康生も客観的に振り返れてる。だいぶ落ち着いてきたのかな。

「けど、本当にお礼をしてくれて。僕の作る物に、ちゃんと価値を認めてくれるクラスメイトに会えたって……」

やっぱり康生にとっては、お客さんだけじゃダメだったんだな。対等なクラスメイトに認めてもらう、というプロセスは絶対に、自信回復に必要なものだったんだ。

「だから、怒鳴られたのなんて、どうということもなかったんですよ。むしろ、そこまで僕に感情をキチンとぶつけてくれる人の方が、よっぽど信用できる。あの学校の人たちは、仮面の上と下で丸っきり違ったから」

「康生……」

「そして、あのフィギュア。大切に、ずっと持っててくれた。逆に僕が忘れてしまってて、本当に申し訳なかったくらいです」

「もうそこはいいって」

「……誰かの心がこもった物を大切に出来る、情の深い子」

「それ」

あの日、エントランスホールで言ってくれた言葉。

「やっぱりまた会えてよかった。くるしみをのりこえた分だけ、誰よりも強くて優しくなった女の子。また会いに来てくれて、ありがとう。ありがとうございます、セイちゃん。星架さん」

ああ。そっか。アタシの八年の誠実は、正しく届いていたんだ。

……もはやフラれるかもとか、そんな段階じゃない。この子のこと、ずっと傍《そば》で支えてあげたい。ずっと傍で支えられたい。仮にフラれても、諦めずに何度でも伝えてやる。しがみついてでも、一緒にいてやる。

「康生」

世界で一番愛おしい名前を呼んだ。

「はい」

「愛してるよ」

「はい。あい？　はい!?」

混乱してる康生に構わず、アタシはそのモチモチの頬を優しく両手で包む。そしてゆっくりと顔を近づけていく。羞恥も恐れもなかった。ただただ狂おしいほどの衝動だけがあった。

「避《よ》けないでね」

囁《ささや》いた。そして更に顔を近づけると、康生は目をつむった。嫌がる素振りも、逃げる素振りもない。強く閉じすぎて、目尻に皺《しわ》が寄ってる。ちっちゃい子が注射の針を見ないようにしてるみたい。可笑《おか》しくて、愛おしくて。

そのままその唇めがけて……

顔を……

ぶつけた。

「あいた！」

「うわ！」

鼻と鼻がぶつかった。遠近感ミスった？　いや、顔を傾けるのか？　ドラマとかのキスシーンはそうしてるもんな。よし、もう一度。

……って、え!?　あ、アタシ、今、康生にキスしようとしてた？　ウソ、マジで？　いや、いいんだよ。やっちまえばよかったんだよ。我に返っちゃった方が問題なんだよ。シラフでもう一回？　無理無理無理無理。

鼻を押さえてる康生を見て、かあっと全身に熱が回る。

るのが見えた。

と、そこで。

「康生ー！」

「コウちゃーん！」

公園の入り口から大声が聞こえる。振り返ると、春《はる》さんとメグル君がこちらに駆けてくる。

あの後、事後処理にてんやわんやとなり、アタシの告白とキス未遂は、一旦脇に置かれる形になってしまった。

まず、駆けつけた春さんとメグル君に抱き締められ、それからすかさず説教を受けた康生。そして次に家に帰ると、また明菜《あきな》さんにハグされて、同じような内容の説教を受けていた。まあこれに関しては自業自得。アタシも一切の擁護をするつもりはなかった。

どんだけ心配したと思ってんだ。アンタがボケっと空眺めてる間、アタシら三人、体が溶けるような暑さの中、捜し回ってたんだぞ、と。

「心配かけたくないって言ってたけど、もうとっくに心配かけてんの。体調不良の連絡から三時間で、この騒ぎ。アンタ、みんなに愛されてんだよ。自覚しろよ」

アタシも、こんなことを言った。

康生はまた少しだけ泣いた。それを春さんと明菜さんが代わる代わる頭を撫でて慰めていた。アタシもさっきやったばっかなのに、もう一度撫でてあげたくなったのは自分でも中々に重症だなと思う。

遅れて戻ってきた芳樹《よしき》さんは、半ベソで謝る康生の頭をポンポンと撫で、そしてその様子を見ていたアタシと目が合うと、深々と頭を下げた。アタシが見つけた、という報も受けていたんだろう。けど流石《さすが》に恐縮してしまう。そもそもアタシにとっても、もう康生は他人じゃないんだから。

ていうか、アタシも見つけた後、すぐに連絡すべきだったんよね。明菜さんに漏らした「公園」というキーワードから辿《たど》ってくれたみたいだけど、ホウレンソウのホの字も出来ちゃいない。

「……消防行ってくる」

横中《よこなか》まで行って見つからず、地元を捜索してる家族からも吉報が届かないということで、独断気味ではあるけど、芳樹さんは警察と消防に救援を要請していたみたいだ。既に電話で「見つかった」とは一報入れたらしいけど、ケジメとして直接謝りに行くというのだ。

「私も行くよ」

明菜さんがそれについて行って、家には子供たちだけが残された。

「春。カード使っていいから、美味《おい》しい物、出前取りなさい」

芳樹さんが言い残したその言葉。言われて、全員がまだ昼ご飯をとってないことに気付いた。リビングの壁掛け時計を見ると、午後一時を回ろうとしていた。

それを認識した途端、強烈な空腹感を覚える。きゅるるる、と小さくお腹《なか》も鳴ってしまった。続けざまに、他の誰かのお腹の音も聞こえる。みんな似たり寄ったりって感じか。人間の体ってすげえな。

「お寿司《すし》か……ピザくらいかな」

春さんがお腹をさすりながら言う。さっきアタシに続いて鳴ったのは、彼女のお腹だったか。そこで「くぅん」と子犬の鳴き声みたいな、可愛《かわい》らしいお腹の音も聞こえた。モジモジと内股を擦り合わせるようにして恥ずかしがっているのはメグル君。誰よりも女子力高いのやめろ。

結局、春さんとメグル君の要望もあって、お寿司を頼んでもらえることになったんだけど……

「……」

「……」

アタシと康生《こうせい》は、目すらロクに合わせられなくなっていた。アタシがチラと目を向けると、向こうもこっちを見てて、慌ててお互いに視線を逸《そ》らしてしまう。あるいは視線を感じて、そっちを見ると目が合って、気まずく俯《うつむ》く。そんなことを何度か繰り返していた。

「あー。お二人さん？　あたしらが来るまでに……なんかあった？」

春さんがおずおずと聞いてくる。

「えっと」

「あ、それは」

アタシと康生の声が重なって、つい見つめ合ってしまう。そしてすぐ、彼の唇に目が行ってしまって……心臓がドクンと跳ねた。ドッドッドとウーハーでも効かせてるんじゃないかってくらい、体中に鼓動が響いてる。

キス。たった二文字が頭ん中グルグルまわってる。

「あはは、ダメだこりゃ」

春さんに匙《さじ》を投げられる。出来れば何か面白い話でもして、空気を変えて欲しいんだけど。って無茶振りにも程があるか。

「あ！　お父さんから！」

と思ったら、まさかのメグル君が場の注目をさらう。なんか知らんけど、助かる。

「テカリンピック……予選で落ちちゃったみたいです」

出た！　鼻の頭テカリンピック。気になってたけど、絶対しょうもないし、それどころでもなかったから後回しにしてたヤツ。

「ねえ、そのテカ」

「僕のせいだよね。応援に行けなかったから」

アタシが発しかけた質問は、康生の沈んだ声に掻《か》き消された。

「そ、そんなことないよ。お父さんの実力不足って言うか。そもそも僕としては、もう出ないで欲しいくらいだし。恥ずかしいから」

「えっと、そのテカリン」

「だよね！　なんで康生といい、叔父さんといい、ワケわからんモンにハマるのやら……製作所まで変な目で見られるから止《や》めて欲しいんだけど」

また質問失敗。

「そんな……僕は神経を疑われるような物は作ってないよ」

「……」

いや、それは。

と、そこで玄関のインターホンが鳴った。

「あ、お寿司きた！」

「やっとかあ。お腹空《す》いたぁ」

……結局、鼻の頭テカリンピックの謎は解けんかった。まあ、気は紛れたからいいか。

あのままだったら、ガチで心臓逝きそうだったし。

★★★

父さんたちも帰ってきたところで、改めて僕はみんなに頭を下げた。

「心配かけてごめんなさい」

星架《せいか》さんの言う通りだ。三時間、行方が分からなかっただけで、家族総出で捜し回ってくれる。愛がなければ、放置されてて終わりだったろう。こそばゆいけど、とてもとてもありがたいことだ。

「もう……大丈夫なの？」

母さんが眉をハの字にしながら、そっと訊《たず》ねてくる。僕はコクンと頷《うなず》いた。まだ言葉はまとまらないし、その前に気持ちすらフワフワしてるけど。でも、そういう状態でも、心のまま話して聞いてもらいたい。そんな風に思えるようになったのは……彼女のおかげだ。

僕は姉さんと並んでソファーに腰掛けてる星架さんを見る。はにかむように、だけど優しく笑ってくれた。

「……いきなり何もかも吹っ切れたワケじゃないけど……それでも、少しずつでいいって思えるようになったっていうか」

ゼロか百かで考えすぎてたんだ。割り切れないなら、その過去の傷ごと凍りつかせて、ないものにしようとしていた。けどそうじゃない。過去はなくならないし、凍らせていても不意に顔を出して痛みを与えてくる。

だったら。

「辛《つら》くたって、自分の過去なんだって受け入れて。ないものとして扱うんじゃなくて、痛みがあっても笑えるくらいになりたい」

ゆっくり少しずつ、日常の中に溶かしていけばいい。割り切るというより、痛みも気にならなくなるまで。

「それくらい強くなりたい。そのための方法を星架さんに教えてもらったんだ。周りを頼ること。一人で耐えようとしないこと」

星架さんがウンウンと頷いてくれる。他のみんなはそんな彼女を見て、小さく笑う。

「それに星架さんは、カッコ悪くない、情けなくないって言ってくれた。傷ついて何もかもダメな過去だと思ってたけど、貫いた意地をカッコいいと言ってくれる人もいる。そう思ったら、傷自体も小さくなった気がするんだ」

少なくとも、目の前にいる女の子からは幻滅されてないって。

「……みんなには沢山心配かけたし、期待してくれてたのに学校もかわっちゃって」

「そんなのはいいの」

「ああ」

母さんと父さんが首をゆるゆる振った。

「でも……僕、今の学校楽しいよ。星架さんがいる。洞口《どうぐち》さんも優しくしてくれる。他にはあまり話せる人はいないけど」

「十分だよ。友達モドキなんか何人いたって、どうしようもない」

姉さんがキッパリと言ってくれる。

「そうだね。僕も骨身に沁《し》みてよく分かった」

時間はかかるし、そんなペースじゃ人生でそう何人も友達を作ることは出来ないだろう。けど、ひとたび友達と認め合った人とは、ずっと友達でいられるような、そういう人生を送りたい。友達は心から信用できる人が数人。あとは家族。姉さんの言うように、それだけで十分だ。

「……引きこもってる間も、何も言わずに支えてくれてありがとう。もう一度、またダメになるかもしれないのに学校に通わせてくれてありがとう」

思えば、家族に向かって、こんなにハッキリと感謝を伝えたことは、今までなかったように思う。不孝者だな。こんなにも愛してくれてたのに。

「僕、父さんと母さんの子供でよかった。姉さんの弟でよかった……ありがとう。ホントにありがとう」

そこまで言って頭を下げると、ポタポタとリビングの床に雫《しずく》が落ちた。さっき星架さんの胸で散々泣いたから、もう泣く気なんてなかったのに。

「康生……！」

母さんと姉さんが、僕を両脇から抱き締めてくれる。ちょっとだけ背中に食い込む指が痛い。

「あたしこそ……何も出来なくてゴメン、ゴメンね」

姉さんも泣いていた。

「私もゴメンね。中学受験なんかで勝手な期待を背負わせちゃったから……余計に苦しんだよね」

母さんも目が真っ赤だ。

顔を上げて前を向く。父さんが小さく頷いてくれた。口数は少ないけど、いつもドシッと構えてて、頼りになる人。星架さんが褒めてくれた技術者の矜持《きょうじ》も、父さんと叔父さんから教わったものだ。父であり師でもある、大切な人。

その隣に目を向けると、涙を流しながらこっちに飛び込んでくるメグルが見えた。そのまま僕の胸に縋《すが》りついた。ごめんなさいを繰り返す彼の頭を撫《な》でたかったけど、体の両側から姉さんと母さんに抱き着かれてるのでままならない。僕は泣き笑いのまま、なるだけ優しく声をかけた。

「いいんだよ。メグルは僕の名誉のために言ってくれただけ。そこから転売なんて考えつくヤツらが悪いんだ」

本当にカッコ悪いのは僕を傷つけたヤツらの方。これも星架さんが言ってくれた言葉だ。

その星架さんを……最後に見た。涙の雫が長い下睫毛《したまつげ》に留《とど》まって、宝石のようにキラキラ光ってる。蛍光灯の光で銀に輝く美しい髪。泣きながら、それでも真っすぐ僕を見つめてくれる力強い瞳。そしてさっき重なりかけた瑞々《みずみず》しい唇は、優しい笑みの形を取っている。

キレイだ。容姿も。心も。強くて凜々《りり》しくて、時々弱くて、でもその弱さを見せられる強さが尊くて。

ああ……やっと自覚した。デートの日からずっとキチンと出せていなかった答えがポンと出る。

——この人のことが好きだ。たまらなく大好きだ。

☆☆☆

結局あの後、康生は泣き疲れたのか、ソファーで寝てしまった。可愛い寝顔を心のアルバムに保存して、今日はお暇《いとま》することになった。正直、眠ってくれて助かったという気持ちもある。アタシとしても一度、気持ちやら何やら整理する時間が欲しかったから。

芳樹《よしき》さんと明菜《あきな》さんが車で送ろうかと提案してくれたけど、自転車で来てるのもあるし、丁重にお断りしておいた。春《はる》さんとメグル君も、何か言いたげだったけど、

「康生が起きた時、家族みんな揃《そろ》っててあげて欲しいです」

と、もっともらしいことを言って、逃げるように帰って来た。

そして、シャワーを浴びて、自室のベッドにダイブ。

「……」

エアコンの駆動音がやけに大きく聞こえる。

「……」

少しずつ部屋が涼しくなってくるのとは対照的に、アタシの顔はどんどん熱を持っていく。

「……」

告白。

「してしまった」

言葉にすると堰《せき》を切ったように、感情の奔流が荒れ狂う。

やってしまった。言ってしまった。愛してるって。てか、愛してる⁉ なんで「好き」とか「付き合って」とか飛び越えて、いきなり「愛してる」なんだよ⁉ おかしいでしょ。いや、でもあん時は無我夢中で、愛情が溢《あふ》れすぎて、あれしか言葉が出てこなかったんだよ。

「あ～、つーことはそれが一番正直な気持ちか」

そうだよな。もう好きの限界は振り切ってるレベルだもんな。もうあん時は家族と同じ気持ちだったもんな、自惚《うぬぼ》れでもなんでもなく。もちろん芳樹さんと明菜さんの養子になるワケもなく、この場合の家族って言ったら……

「お嫁さん」

口に出すと、さらに顔が燃え盛る。

「沓澤《くつざわ》……星架」

いつだったか、願望だけが先行して試しに言ってみた未来図。けど、それが結構、いやかなり現実味を帯びてきた今。改めて考えてみても……躊躇《ちゅうちょ》はない。もし康生《こうせい》から今この瞬間にプロポーズされてもノータイムだと思われる。

「……」

ていうか康生もアタシのことアリだよね？　流石《さすが》に。流石にね。

「キス……避《よ》けなかったし」

未遂で終わっちゃったけど。ほんのちょっとだけ触れたような気もするんだけど、アタシの願望が生んだ錯覚かもしれない、と思うとイマイチ自信はない。

けどいずれにせよ、避けないどころか、グッと目つぶってたし。あれはオッケーのサイン、だよね？　康生もアタシとキスしたいって思ってくれたんだよね？

「けど、ああ。うーん」

アタシが今まさに冷静になったのと同じで、康生もあの時はもちろん、家に帰ってからしばらくの間も、確実に平静ではなかった。極限まで感情が昂《たかぶ》ってた状態だし、もしかしてアタシ相手じゃなくても温《ぬく》もりを求めて……

「……っ」

自分で始めた仮定の想像で傷ついてたら世話ないんだけど。バカじゃねえの。

康生はそんな意志薄弱な子じゃない。こういう大切な時に、流されたまま気のない相手とそういうことするヤツじゃない。

「大丈夫、大丈夫」

自分に言い聞かせる。少し落ち着いた。

「けど……ビックリはしただろうな」

今までもアタシから好意を寄せられてる自覚はあったハズだけど、まさかここまでとは思ってなかっただろうから。正直、突発的にこの激重の恋心さらす前に、もう少しジャブ打っておきたかったよ。まあ抑えきれないからこその激重なんだろうけど。

そして問題は、返事の内容だよね。十中八九、大丈夫だとは思う。信じてる。けど……人の気持ちに絶対はないから……

「はあ～」

花びら占いってあるじゃん。前はあんな無意味なモンとか思ってたけど、今はやりたくなる人の気持ちが分かるわ。

「つーか、覚悟はどこ行ったんだよ、覚悟はよ～」

確か、仮にフラれても、追い縋ってでも一緒にいてやるとか。そんなこと思ってなかったか？　アタシ。あん時の強さが欲しい。どこ行った。

「強くなったり、弱くなったり」

康生が苦しんでる時は絶対傍《そば》にいてやりたいって思えたんだけど。今度、自分の都合になると途端に、傍にいたいなあ、くらいの弱気になってしまう。

「ていうか有耶無耶《うやむや》にならないよね？　返事くれるよね？」

そこから不安になり始めた。仮にいつまでも返事がない場合って……

「ん？」

スマホがブーブーと震える。レインか。千佳《ちか》かな。

『今日は本当に色々とありがとうございました。お見送りも出来なくてスイマセンでした』

こ、康生だった。起きたのか。返信しようと指を動かす前に、続けざまにメッセが届く。

『それで、その……四日後の花火大会、一緒に行きませんか？　そこで大切なお話をしたいです』

あ、ああ……ま、マジか。これって、そうだよね。てかそうじゃなかったら泣く。

アタシは、指が逝かれるくらいの速さでメッセージを入力してオッケーの返事を送った。

★★★

目が覚めて、星架《せいか》さんがいないと知って、僕が最初に感じたのは寂しさだった。そしてその感情は自分でも驚くほど大きかった。もちろん家族がみんな見守ってくれてたから、孤独だったワケじゃないんだけど。一方で、家族の安らぎとはまた別種の温もりを求めていたんだ。

よくは覚えてないけど、たぶん微睡《まどろ》みの中で、あの公園での交わりをリフレインしていたのだと思う。頬に感じた柔らかい胸の感触や、おでこに優しくキスしてくれる唇の熱。抱き締めてくれた時に背中に回った、細いのに力強い腕の感触。

起きた瞬間、それらが弾《はじ》けて消えたのが寂しくて、なら夢じゃなくて現実ならと探しても、彼女の姿が見つからなくて。帰ったと聞かされて、胸の内に穴が開いたようだった。

リビングの壁掛け時計を見ると、ほんの三〇分くらいしか経《た》ってなかった。本当のうたた寝だったみたい。

僕は家族みんなに改めて感謝を伝えて、そのまま部屋に戻った。いつまでも行方不明事件のテンションのままだと、僕もみんなも困るから。一旦区切りをつけて日常に回帰しないと。

　だから僕も、工具類のメンテナンスでもしようかと、手を動かし始めたんだけど……

「星架さん」

　彼女のことばかり考えてしまっていた。胸がグッと狭くなるような感覚。会いたい。話したい。ありがとうって。大好きですって。言いたい。

　抑えておけない。なんだ、これ。ついさっき気付いた気持ちのハズなのに、もうその時には自分でも制御できないほどに育っていた。頭で気付いてないだけで、本能は、魂は、とっくに彼女にやられてたってことなのか。

　いつからだろう。今回の、トラウマを全部受け止めてくれた時には、もう僕は全幅に近い信頼を寄せていたから、多分もっと前だと思う。

　彼女が僕のフィギュアを大事にしてくれていたと知った時？　体育祭で宮坂《みやさか》相手に怒ってくれた時？　風邪のお見舞いに来てくれた時？　一緒に勉強した時？　あるいは頬にキスされた時？　はたまたメイク教室で彼女のために心を砕いたのがキッカケ？　それとも純粋に楽しい日々を過ごす中で、自然と？　一緒に登下校したり、クソゲーをやったり、物を作ってプレゼントしたり、色んなことを話して気付いたり気付かされたり。そんな何気ない日常の中で、想《おも》いが育まれたのかもしれない。

「考えても分かんないな……ただ分かってるのは」

僕は星架さんが好きで好きでたまらないってことだけだった。そしてそれで十分だった。いつから、何がキッカケ、そこはきっと些末《さまつ》なことだ。今となっては全部が全部、大好きな人との大切な思い出だし。

「こ、こ、告白」

ニワトリみたいになっちゃったけど……するしかないよね。ずっと離れたくないんだったら、友達だけじゃきっとダメで。幸いにも僕と星架さんは男の子と女の子だから……もっと強い結びつきになれる。なら、それが欲しい。友達よりずっと一緒にいられる。もっと近くにいられる。そんな証《あかし》が。

僕は弄《いじ》っていた工具をテーブルの上に置いて、代わりにスマホを取った。レインを起動して、星架さんのトーク画面をタップ。衝《つ》き動かされるまま、文字を入力していく。完成。送信しようとして……そこで手が止まった。

『好きです。大好きです』

そんなことを書いていた。いやいや。ちょっと待ってよ。僕は慌てて、下書きを消す。いきなりすぎるよ。もっと前置きをしてから。

「ていうか」

実際に告白するなら、目を見て、肉声で届けたい。彼女だってそうしてくれたんだから。すううと大きく息を吸って、吐いて。

僕はメッセージを打ち直す。まずは今日の感謝を改めて。そしてそれを枕に、デートに誘って、そこで……

喉が鳴る。知らず唾を飲んでいた。

僕は壁に掛かったカレンダーを見やる。四日後、沢見湖《さわみこ》で花火大会がある。調べた時は星架さんだけじゃなくて、洞口《どうぐち》さんや重井《しげい》さんも一緒かな、とか呑気《のんき》に考えてたけど。ごめんなさい、二人とも。僕と星架さんの二人で行かせてください。

『四日後の花火大会、一緒に行きませんか？　そこで大切なお話をしたいです』

書いた。送ろうとして、そこで再び手が止まる。

「これ送っちゃったら、もう」

友達ではいられなくなる。ある種、モラトリアムの終わり。

手が震えた。一度スマホをテーブルに置いて、僕はまた深呼吸。

落ち着け。フラれるワケないんだから。愛してるって言ってくれたんだぞ。キスまでしようとしてくれたんだぞ。あそこまでしてもらって日和《ひよ》ってるなんてダサすぎる。

今更、自信がないとか甘ったれたこと言ってんなよ、僕。容姿の差？　クラスカーストの差？　自分を卑下する材料はいくらでもある。けど、星架さんはそんなことを一度でも僕に求めたか？　平凡な顔なのも、陰キャぼっちなのも、全部知ったうえで、ここまで距離を詰めてくれたんだ。勇気が出ない言い訳にしようとするな。

8月 August
木 thu
3
花火大会
10
17

「……っ」

押した。送った。二つのメッセージを立て続けに。

すぐに既読がつき、更に返信まで。果たして内容は……

『行く！　絶対行く！』

快諾。安堵《あんど》の息を吐いて、同時に両掌《りょうてのひら》で頬をパシンと張った。あとは僕が勇気を出すだけだ。

僕は立ち上がり、決意を込めてカレンダーの日付に大きく丸をつけるのだった。

あとがき

ご無沙汰しております。著者の生姜《しょうが》寧也《ねいや》です。

この度は『ギャルの自転車を直したら懐かれた』第二巻、お買い上げありがとうございます。

こうして続刊を出させていただけたのも、読者様のお力添えあってのことです。重ねてお礼申し上げます。

さて。今回のお話ですが……第一巻でグイグイと攻めていた星架《せいか》が、引き続き積極的にアプローチして、更にグッと距離を縮める展開に。そんな彼女に対し、次第に康生《こうせい》も心を開いていき、遂《つい》に以前から匂わせていた彼の悲しき過去も明らかになり……と。かなり目まぐるしい内容になりましたね。

私自身、書いていてとてもエネルギーを消耗した巻でした。読者の皆様にも楽しんでいただけていると幸いです。

それでは、この場をお借りして謝辞を。

まずは出版社様、担当編集者様。こうして二巻も出していただけましたこと、誠に感謝しております。星架と康生の物語第二章を読者の皆様にお届けする機会を得られて、本当に嬉《うれ》しいです。ありがとうございました。

引き続きハイクオリティなイラストを描いてくださったSuperPig先生。新キャラの雛《ひな》乃《の》だったり、少しエッチな絵だったり、一巻とはまた少し違った毛色のイラストも、とても素晴らしかったです。ありがとうございました。

末筆で恐縮ですが、校正様、デザイナー様、広報様、流通様、印刷所様、各書店様。今回も沢山の方々に支えられて、一冊の本として形にすることが出来ました。本当にありがとうございました。

〈巻末おまけコーナー〉

「はい。というワケで。ここからはウチと雛、莉亜《りあ》の三人で感想戦をやって、ファンサービスするコーナーが始まるみてえだぞ」

「ページが余ったんだって～」

「身も蓋もないこと言っちゃダメ」

「あはは～。でも、なにげに莉亜ちゃんとは、作中で絡みなかったから、嬉しいよ～」

「ね。作中時間外では普通に会ったことある設定なんだけどね」

「アンタら、メタいから」

「え～？　そんなん言い出したら、そもそもこのコーナー自体がメタの塊だよ～」

「かもしらんけど」

「ほらほら。挨拶はこんくらいにして、そろそろ始めようよ。読者さんたちが本閉じちゃうよ」

「そうだね～。今回の振り返りだよね～」

「まずは勉強会からか」

「そうそう。まさかのラッキースケベオチは私も驚いたよ。沓澤《くつざわ》クンも、ちゃんと主人公属性を持ってたんだなって、謎に感心しちゃった」

「星架も谷間は強調してみせたけど、触られるなんて思いもしてなかっただろうからな。超ダッシュで逃げ帰ってたもんな」

「でもあれで、ポヤポヤしてる沓澤クンもグッと意識してくれたよね～」

「「……」」

「なに～？」

「いや。アンタにポヤポヤしてるとは言われたくねえんじゃねえかと」

「え～？　失礼な～」

「ま、まあ。次いこうか」

「次は浜村《はまむら》さんか……ギャル免許《めんきょ》がまさか実在するとはなあ」

「最近の詐欺はなんでもアリだよね」

「でも可哀想《かわいそう》だったよね～。あんなに健気《けなげ》なのに～」

「……どっちかだけ誠実だと、恋愛って辛《つら》いものになるからね」

「お、おう……流石《さすが》は莉亜。言葉に重みがあるぜ」

「浜村さんの恋愛相談の流れで、星架も沓澤クンをモールデート・テイクツーに誘えたんだよね～」

「うん。沓澤クンの白ワンピのリクエストに応えて、暴走もなく……リベンジデート、大成功だったね」

「千佳《ちか》はお土産のクマさんグッズもらってたよね～」

「んな気を遣ってくれなくてもよかったんだけどな」

「またまた。嬉しいクセに。カバンにずっと付けてんじゃん」

「うっせ。ウチのことはいいんだよ」

「そしてデートの最後には、ほっぺにキスだね～。いや～」

「わざわざリップまで変えてたからね。ちょっと引くわ」

「まあそう言ってやるなよ……それでまあ、キスの後、すぐにモデル関連のイベントに進むんだよな」

「仕事帰りの星架を、沓澤クンが送っていったんだよね～」

「彼、地味にポイント高いことするよね」

「天然ジゴロってヤツかな～?」

「まあ好きな相手じゃなかったら、単なるストーカーだけどね」

「んで、その後は卓球を挟んで」

「ここでやっと私の登場だよ～」

「意外と遅かったよな。星架のもう一人の親友設定なのに」

「まあそこからは大活躍だったからいいじゃん。主にギャグ要員としてだけど」

「私をオチに使うの、やめてほしいよ～」

「ははは……んでまあ、役者が揃《そろ》ったところで、例のメイク教室か」

「私、呼ばれなかったけど？」

「まあ、うん。話の都合上な」

「あと、家がちょっと遠いしね～」

「まあそういうことにしておこうか」

「で。まあ、ウチらも頑張って、クッツーも大活躍で、星架がいい意味で割り切れたって感じか」

「前からなんとなく、星架ってモデルの仕事に対して引け目みたいなのを見せることあったけど、ああいう事情だったんだね」

「流石は莉亜ちゃん。よく見てるね～」

「まあ友達のことだからね」

「……そんなこんなで一件落着。打ち上げで柴犬《しばいぬ》カフェも行ったんだよな」

「あれも沓澤クンの奢《おご》りだったんだよね～。ワンちゃんたち可愛《かわい》かった～」

「星架って、犬全般好きだけど、特に柴犬推しだよね」

「うん。なんか微妙に猫っぽい感じというか～、読めないところが面白くて可愛いんだって～。前、言ってたよ～」

「そういえば、クッツーもそういうところあるよな」

「あ、分かるかも。結構マイペースだよね、杳澤クン」

「犬カフェの後は～、横中東《よこなかひがし》だね～」

「ああ、すげえ面白いモンがいっぱい展示してあったぜ」

「へえ。私も行ってみようかな」

「そして、ビルを出たところから～、いよいよ巻のクライマックスに繋《つな》がっていくね～」

「ああ。あれはビビったなあ。突然、クッツーの中学のクラスメイトと会うんだもんな」

「千佳もいい対応だったよね。名脇役って感じで」

「褒めてんのか？　それ。まあ……星架の好きなヤツっていうの抜きにしても、あんな善良な人間が死にそうな顔してたら慮《おもんぱか》るよ、そりゃ」

「ちなみに私と莉亜ちゃんはここで杳澤クンの事情を知っちゃったけど、本編では知らないことになってるんだよね～？　深く考えるとややこしいよ～」

「こ、このコーナーは別時空だから。メタ空間だから」

「ほら、雛。お菓子やるぞ」

「お菓子！　わ～い！」

「チョロい……」

「で、まあ。公園での対話も経て、やっとクッツーも星架に落とされたと」

「あの公園、大車輪だよね」

「きっとふちゃりがむひゅばれたあとも、おもいでの……モグモグ……ばひょとひて」

「食うか喋《しゃべ》るか、どっちかにしろ」

「……………」

「やっぱり食べる方を選択するんだ……」

「まあ雛だしな」

「そして好意を自覚した沓澤クンは星架へ逆告白することを決意して……」

「いい所で終わったよな」

「まあ、ヒキを作らないと次巻、買ってもらえないからね」

「またぞろメタメタだな、おい」

「ということで次回！」

「ついに！」

「鼻の頭テカリンピックの全容が明らかになるよ〜！」

「『それはどうでもいいから……』」


〈おわり〉

作品のご感想、
ファンレターをお待ちしています

あて先

〒141-0031
東京都品川区西五反田 8-1-5 五反田光和ビル4階
ライトノベル編集部
「生姜寧也」先生係／「SuperPig」先生係

OVERLAP

ギャルの自転車を直したら懐かれた 2

発　　行　2024 年 12 月 25 日　初版第一刷発行

著　　者　生姜寧也
発 行 者　永田勝治
発 行 所　株式会社オーバーラップ
〒141-0031　東京都品川区西五反田 8-1-5
校正・DTP　株式会社鷗来堂
印刷・製本　大日本印刷株式会社

Printed in Japan　ISBN 978-4-8240-1016-2 C0193

オーバーラップ　カスタマーサポート
電話：03-6219-0850／受付時間 10:00～18:00（土日祝日をのぞく）

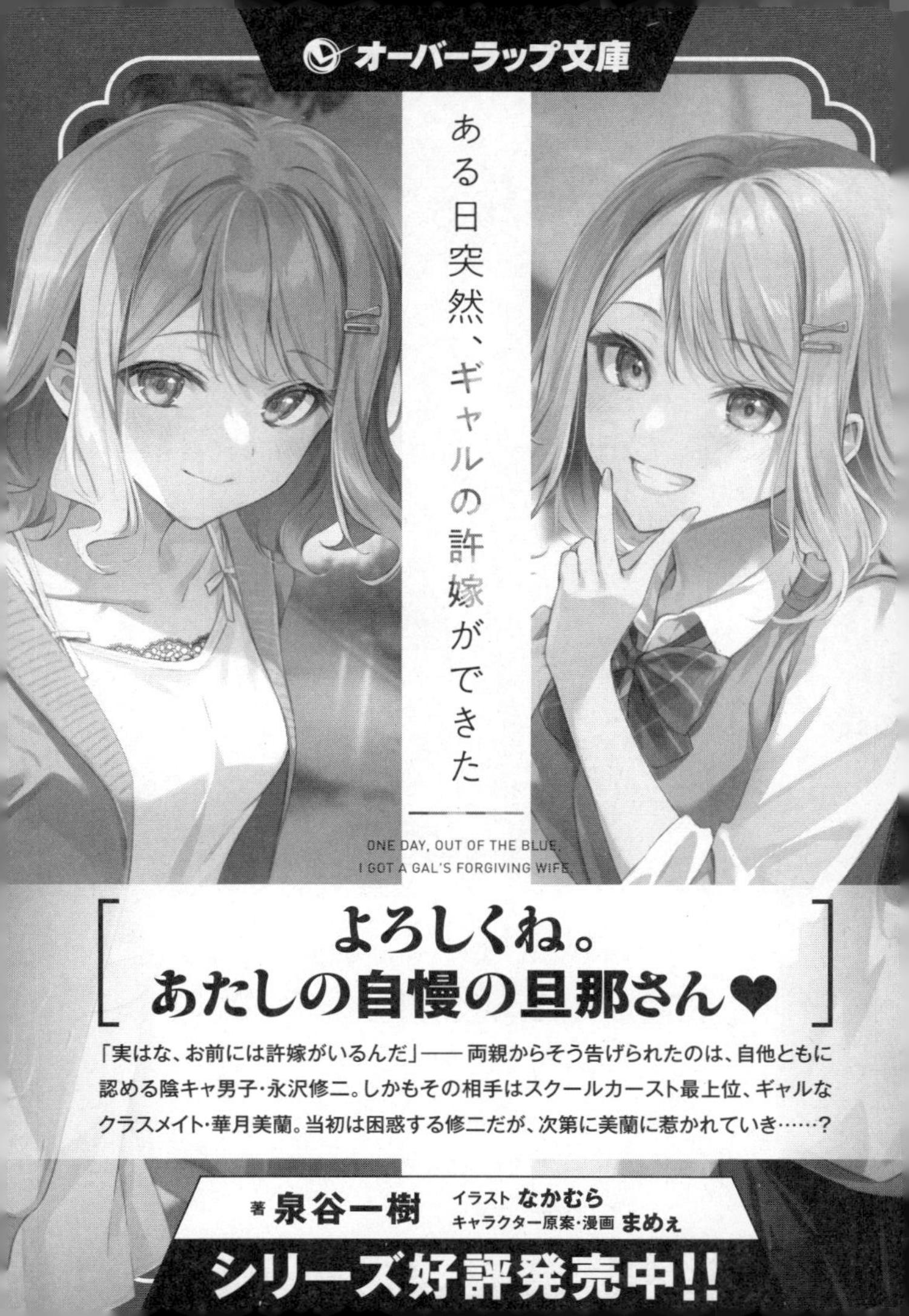
オーバーラップ文庫
ある日突然、ギャルの許嫁ができた
ONE DAY, OUT OF THE BLUE, I GOT A GAL'S FORGIVING WIFE.
よろしくね。
あたしの自慢の旦那さん❤
「実はな、お前には許嫁がいるんだ」—— 両親からそう告げられたのは、自他ともに認める陰キャ男子・永沢修二。しかもその相手はスクールカースト最上位、ギャルなクラスメイト・華月美蘭。当初は困惑する修二だが、次第に美蘭に惹かれていき……？
著 泉谷一樹
イラスト なかむら
キャラクター原案・漫画 まめぇ
シリーズ好評発売中!!

オーバーラップ文庫
孤高の華と呼ばれる英国美少女、義妹になったら不器用に甘えてきた
ひとつ屋根の下で紡ぐ、クーデレで同級生な義妹との焦れ甘ラブコメ!!
親の再婚で白川賢人の義妹になったのは、校内一の美少女にして『孤高の華』と名高いソフィア・フロストだった。なぜか賢人に冷たい態度を取り続けるソフィアだったが、家族として賢人と関わっていくうちにだんだん自ら不器用に距離を近づけてきて……?
著 ネコクロ イラスト Parum
シリーズ好評発売中!!

オーバーラップ文庫
ネトゲの嫁が人気アイドルだった
My wife in the web game is a popular idol.
～クール系の彼女は現実でも嫁のつもりでいる～
「私たちは恋人じゃないわ。——夫婦よ」
「えっ？」
同級生のアイドルはネトゲの嫁だった!?
悶絶必至の青春ラブコメ！
ごく平凡な男子高校生の俺・綾小路和斗には嫁がいる——ただしネトゲの。今日もそんなネトゲの嫁とゲームをしていたら、『私、水樹凜香』ひょんなことから彼女が、憧れだった人気アイドルだと発覚し!?　クールでちょっと愛が重い『嫁』と過ごす青春ラブコメ!
著 あボーン　イラスト 館田ダン
シリーズ好評発売中!!